Das Scheusal heißt Mucki und ist ein alter, blinder, unsäglich verwöhnter Hund. Alice Herdan-Zuckmayer erbte ihn – als »Verpflichtung« von einer schrulligen Tante. Als Zuckmayers 1938 aus Österreich flohen, mußten sie den wertvollsten Teil der Erbschaft zurücklassen, aber Mucki begleitete sie auf allen Wegen des Exils. Mucki erlebte die Überfahrt in die USA in trunkenem Zustand, passierte den Zoll als »wertloses« Hundetier und erreichte auch noch die »Farm in den grünen Bergen«, wo er hochbetagt und tief betrauert starb.
Dieses Buch zählt zu den großen Tiergeschichten, die über den Menschen so viel aussagen wie über die Kreatur, aber es gehört auch zu den großen autobiographischen Zeugnissen unserer Literatur.

Alice Herdan-Zuckmayer wurde in Wien geboren und verlebte dort ihre Kinder- und Mädchenjahre. Nachdem sie in Berlin einige Zeit als Schauspielerin tätig gewesen war, heiratete sie im Jahre 1925 den Dichter Carl Zuckmayer, der damals, noch vor dem Erfolg des ›Fröhlichen Weinberg‹, um seine Anerkennung als Dramatiker kämpfte. Sie holte dann ihre Reifeprüfung nach und studierte einige Semester Medizin. Ihr Studium wurde durch die »Machtergreifung« im Jahre 1933 unterbrochen. Nach dem Einmarsch Hitlers in Österreich mußten Carl und Alice Zuckmayer ihr dortiges Heim, Henndorf bei Salzburg, verlassen. Im Jahre 1939 wanderten sie mit ihren beiden Töchtern nach Amerika aus, wo sie während der Kriegsjahre eine Farm im Staate Vermont betrieben. Carl Zuckmayer starb am 18. 1. 1977, Alice Herdan-Zuckmayer am 11. 3. 1991 im Wallis (Schweiz).
Im Fischer Taschenbuch Verlag sind erschienen: ›Die Farm in den grünen Bergen‹ (Bd. 142), ›Das Kästchen. Die Geheimnisse einer Kindheit‹ (Bd. 733), ›Genies sind im Lehrplan nicht vorgesehen‹ (Bd. 5092).

Alice
Herdan-Zuckmayer

Das Scheusal

Die Geschichte einer sonderbaren Erbschaft

Fischer
Taschenbuch
Verlag

23. Auflage: November 1998

Ungekürzte Ausgabe
Veröffentlicht im Fischer Taschenbuch Verlag GmbH,
Frankfurt am Main, November 1974

Lizenzausgabe mit Genehmigung
des S. Fischer Verlages GmbH, Frankfurt am Main

Druck und Bindung: Clausen & Bosse, Leck
Printed in Germany
ISBN 3-596-21528-5

Das Scheusal

I

Ich hatte eine Tante, die starb zweimal im Jahr.

Sie war die einzige Schwester meiner Mutter.

Ich war die einzige Tochter meiner Mutter.

Ich war die einzige Nichte meiner Tante.

Meine Mutter und meine Tante hatten eine seltsame Beziehung zueinander. Die Geschwister pflegten sich leidenschaftlich zu lieben oder abgründig zu hassen, und dies in so unberechenbaren Abständen, daß selbst die eingespieltesten Mitwirkenden, wie Freundinnen, Dienstmädchen und Ärzte, die bedeutende Rollen in diesen Kampfhandlungen darzustellen hatten, mitunter falsche Stichworte brachten und noch in den Vokabeln des Hasses redeten, während über den Geschwistern längst die Wellen der Zärtlichkeit zusammengeschlagen waren.

Die Perioden der Liebe und des Hasses waren an keine Jahreszeiten gebunden, wohl aber fiel der Abschied meiner Tante vom Leben mit einer gewissen Regelmäßigkeit in die letzten Tage des Maimonats und in den Anfang des Dezembers. Kreuzten sich nun diese Daten mit den Haßanfällen der Geschwister, weigerte sich meine Mutter, zu ihrer Schwester zu gehen, und schickte mich in die Ablebensstunde meiner Tante.

Im Alter von sechs Jahren wurde ich zum ersten Male zu ihr gesandt. Meine Tante besaß ein Telephon, und meine Mutter besaß ein Telephon, ein rarer Besitz in jenen Tagen.

Das Stubenmädchen der Tante hatte die Köchin meiner Mutter angerufen und ihr mitgeteilt, es sei soweit.

Die Tante hatte einen Mietfiaker mit Kutscher, der wartete vor der Türe unsres Wohnhauses.

Der Kutscher war ein wortkarger Mensch und damit eine ungewöhnliche Erscheinung in Wien.

Wir stiegen in den Fiaker, der Kutscher kutschierte uns von dem ersten Bezirk in den vierten Bezirk und hielt vor einem prächtigen Haus. Rechts und links vor dem Eingangsportal standen zwei steinerne, gebeugte Männer, die einen großen, steinernen Balkon trugen. Auf dem Balkon bellte ein Hund.

Wir stiegen die Treppe hinauf zur Eingangstüre der Wohnung. Unsre Köchin läutete, aber als das Stubenmädchen die Wohnungstüre öffnen wollte, zog unsre Köchin die Tür wieder zu und rief: »Sperr den Hund ein!«

Wir hörten Knurren und Türenschlagen.

Dann öffnete uns das junge Stubenmädchen weit die Türe und sagte: »Der Köter ist eingesperrt.«

Unsre Köchin sah sie streng an. »So redt man nicht vom Liebling seiner Herrschaft.« Dann fragte sie: »Wo ruht die Gnädige Frau?«

»Die Gnädige Frau sitzt im Salon«, antwortete das Stubenmädchen.

Sie führte uns durch das Herrenzimmer und das Musikzimmer in den Salon. Sie klopfte an die Türe, und dann durften wir eintreten. Die Tante lag in einem weißen Spitzenschlafrock auf einer Chaiselongue, umgeben von drei Frauen: die Herrschaftsköchin, die Näherin und die Wäscherin standen am Ende der Chaiselongue, zu Füßen der Tante.

Ich und unsre Köchin knixten. Die Tante sah uns

nicht an, sie richtete ihre Augen auf die Türe, als ob sie jemanden erwartete. Es war still im Raum, als sie anhub zu sprechen: »Es geht zu Ende«, sagte sie mit schwacher Stimme, »ich habe viel gelitten, mein Herz will nicht mehr.« Sie richtete sich auf. »Darum habe ich euch um mich versammelt.«

Die Frauen begannen zu schluchzen.

Die Tante winkte ab und fuhr fort: »Euch, meine treuen Dienerinnen, habe ich in meinem Testament reichlich bedacht, meine böse Schwester aber und meinen schlechten Gatten...« Sie rang nach Atem und fiel in die Kissen zurück. Die Gruppe der weinenden Dienerinnen löste sich auf, und Geschäftigkeit brach aus: die Wäscherin trug eine Waschschüssel herbei, tauchte Tücher, die auf einem Tisch bereitlagen, ins kalte Wasser und reichte sie der Näherin, die die Kompressen auf die Stirn der Ohnmächtigen legte, die Herrschaftsköchin zog ein Flacon mit Riechsalz aus ihrer Schürzentasche und hielt es der Tante unter die Nase. Nur unsre Köchin stand unbeweglich da, wie ein Fels im Meere, und ich wagte es nicht, mich der Sterbenden zu nähern. Ich sah die Tante liegen, bleich, stumm, sie regte sich nicht, und ich glaubte, sie wäre vom Tod geholt worden.

Aber plötzlich wachte sie wieder auf, warf die Kompressen in die Schüssel und stieß das Riechfläschchen von sich. Sie befahl mir, ganz nah an sie heranzutreten, faßte nach meiner Hand und schloß sie in ihre beiden heißen Hände ein.

Die Dienerinnen beschäftigten sich damit, alle Utensilien wegzuräumen, aber sie taten alles in eine Ecke, um das Zimmer nicht verlassen zu müssen. Meine Tante schien ihre Anwesenheit nicht zu stören. »Höre und verstehe es!« sagte sie mit starker, befehlender Stimme.

»Ich setze dich hiermit, als einziges Kind meiner einzigen Schwester, ich setze dich als meine einzige Nichte zur Erbin meines Vermögens, meiner Juwelen, meines Silbers, meines Porzellans, meiner Spitzen, ein. Ich habe deinen Paten, meinen einzigen Freund auf dieser Welt, zum Testamentsvollstrecker berufen. Er wird dir beistehen in allen Dingen.«

Sie ließ meine Hand frei, warf sich in die Kissen, ihr Gesicht wurde weiß, und sie flüsterte: »Mein Liebling...«

Ihre Köchin eilte hinaus und kam mit einem kleinen, gelben Hund zurück. Die Näherin und die Wäscherin liefen, als sie den Hund sahen, rasch zur geöffneten Türe hinaus und schlossen die Türe hinter sich. Ich stellte mich hinter unsre Köchin und schlug mich in ihrem langen, weiten Rock ein. Ich sah, wie der Hund auf den Boden gestellt wurde, wie er winselnd zum Sofa lief und mit einem Satz auf die Brust der Tante sprang. Er leckte ihr Gesicht, bis sie die Augen aufschlug.

Sie umarmte und küßte ihn.

Unsre Köchin lief mit mir zur Türe hinaus, das Stubenmädchen geleitete uns bis zum Hauseingang.

»War die Gnädige wieder einmal tot?« sagte sie grinsend.

»Sei nicht frech«, sagte unsre Köchin.

Als wir wieder im Fiaker saßen, fragte ich: »Warum ist meine Mutter böse? Warum ist mein Onkel schlecht?«

»Man weiß nicht, wer schlecht ist«, sagte unsre Köchin grimmig, »aber der ist auch schlecht, der schlecht spricht zu unschuldige Kinder.«

Im nächsten Jahr, als ich wieder zum Ableben meiner Tante mußte, fiel sie zwar zweimal in Ohnmacht, aber als sie aus der zweiten Ohnmacht erwachte, befahl sie, Champagner zu bringen. Mit gefüllten Gläsern standen wir um ihre Chaiselongue, sie stieß mit uns an, und wir wünschten ihr ein langes Leben.

Als ich mit acht Jahren wieder zu ihr gerufen wurde, geschah etwas Merkwürdiges, und ich merkte es mir. Es war von Anfang an alles anders verlaufen als sonst. Das Stubenmädchen hatte beim Öffnen der Türe gesagt: »Nicht im Salon, im Schlafzimmer.« Ich kannte von klein auf alle Zimmer der Wohnung, nur das Schlafzimmer kannte ich nicht.

Unsre Köchin ging mit mir zur Türe und klopfte. Wir hörten die Stimme der Tante: »Ich möchte mit meiner Nichte allein sein.«

Das Stubenmädchen nahm unsre Köchin mit in die Küche, und ich hörte sie sagen: »Niemand darf im Vorzimmer sein, damit's keine Horcher gibt.«

Im Schlafzimmer lag die Tante in einem großen Doppelbett, dessen eine Hälfte mit einer blauen Samtdecke zugedeckt war. Sie lag mit offenen Augen da und sah mich an.

Ich war ganz allein mit ihr. Ich sah ihre Hände an, die reglos auf der roten Seidendecke lagen. Plötzlich öffnete sie die rechte Hand, in der Hand lag ein kleiner Schlüssel. »Öffne den Spiegelschrank«, sagte die Tante.

Ich ging durch das große Zimmer, vorbei an einem Frisiertisch mit vielen Spiegeln, vorbei an einem Kamin mit Marmorsims, und im Kamin lag ein zusammengeklebter Holzstoß, beleuchtet von einem bengalischen Licht. Ich ging auf den Spiegelschrank zu und öffnete beide Türen. »Steige in den Schrank«, befahl die Tante, »in der Mitte der Wand, hinter den Kleidern ist eine eiserne Türe.«

Ich stieg in den Kasten, schob die Kleider beiseite, tastete an der Holzwand entlang, bis ich eine bildgroße, kalte Eisenplatte berührte. »Komm«, sagte die Tante und streckte die Hand aus. Ich nahm den Schlüssel aus ihrer Hand. Es war mühsam, das kleine Schlüsselloch hinter den Kleidern zu finden, um die eiserne Türe zu öffnen. »Hebe die Kassetten heraus, eine nach der andern, und bringe sie zu mir.«

Ich mußte einige Male hin und her gehen, bis ich alle großen und kleinen Kassetten und Lederetuis auf den Tisch neben ihr Bett gestellt hatte. Die Tante nahm eine der Kassetten, öffnete sie mit einem Schlüssel, den sie unter ihrem Kopfkissen verborgen hatte. In dieser Kassette lagen numeriert alle Schlüssel zu den andern Behältnissen. Die Tante öffnete eine Kassette nach der andern, ein Etui nach dem andern und legte die Halsketten, die Broschen, die Ohrringe, die Armbänder, die Ringe auf die Bettdecke.

Sie nahm Stück für Stück und hielt es zum Licht: »Smaragd – Saphir – Rubin – Perlen – Brillanten – siehst du sie?«

Sie zog Ringe an und aus, legte Colliers und Armbänder um Hals und Arm. Sie hatte glänzende Augen und rote Wangen, als sie die Haarnadeln aus den Zöpfen löste, um sich mit einem funkelnden Diadem zu krönen. »Das gehört alles mir«, rief sie, »mir gehört das.« Sie nahm einen blauen, glänzenden Ring und zog ihn mir über den Mittelfinger: »Saphire – Brillanten – und das alles wird dir gehören, wenn ich tot bin. Aber schweigen mußt du, schweigen. Deine Mutter hat keine Lust an

Steinen, sie soll sie auch nicht haben, aber du...« Ich war erschrocken und verstört, als ob sie etwas Unredliches gesagt hätte.

Als die Schmuckstücke wieder eingeräumt waren, kroch ich mit den Kassetten in den Schrank, versperrte alles hinter der eisernen Türe und legte den Schlüssel zurück, in die Hand der Tante. Sie sank erschöpft in die Kissen zurück und schloß die Augen.

Als ich neun Jahre alt war, wurde es ernst.

Ich mußte sie, gemeinsam mit meiner Mutter, im Krankenhaus besuchen. Sie lag in einem Spitalbett, weiße Eisenstäbe zu Häupten und Füßen.

Als meine Mutter und ich ins Zimmer kamen, war der Onkel damit beschäftigt, über die Eisenstäbe am Fußende eine Pelzdecke zu breiten.

»Nun hat meine liebe Frau eine schönere Aussicht«, sagte der Onkel und begrüßte uns. Der Onkel war stattlich, hatte blonde Haare, einen blonden Schnurrbart und blaue Augen. »Alles kam so plötzlich«, sagte er. »Sie hatten kein ordentliches Zimmer frei. Aber morgen schon kommt mein Liebling in ein schönes großes Zimmer.« Die Tante sah sehr blaß aus, ihre schwarzen Zöpfe lagen, ordentlich geflochten, rechts und links auf der groben Leinendecke und reichten fast bis zum Fußende des Bettes.

Sie sah meine Mutter streng an und sagte: »Warum kommst du so spät?«

»Deine Ärzte haben Besucher nicht früher erlaubt«, antwortete meine Mutter lächelnd und hob einen der Zöpfe auf und ließ ihn durch ihre Hände gleiten. »Du siehst so schön aus, Plümchen.«

»Du auch, Plim«, sagte meine Tante und ihre Wangen röteten sich. Sie pflegten sich sehr selten bei den Namen ihrer Kindheit zu nennen, und ich begriff, daß meine Tante sehr krank sein mußte.

»Es war eine entsetzliche Operation«, sagte der Onkel, »vier Stunden lang... Es ist ein Wunder, daß meine Frau sie überlebt hat.«

Sie hatte die Operation überlebt, und fortan lebte sie von ihr und mit ihr.

Sie hielt mich mit meinen neun Jahren für reif genug, den totalen Schilderungen ihrer Unterleibsoperation zuzuhören.

Die Schilderungen waren so plastisch, daß die entsetzten Zuhörer meinen konnten, die Tante hätte dem chirurgischen Eingriff nicht nur zugesehen, sondern auch die Maske gehalten und sie mit Äther beträufelt. Man meinte, sie hätte nach Herausholen des kinderkopfgroßen Gewächses dem Professor selbst die eingefädelten Nadeln zum Vernähen der Wunde gereicht.

Als sie die Geschichte zum ersten Male dem Gesinde und mir erzählte, wurde die Herrschaftsköchin ohnmächtig, die Wäscherin mußte ihr kalte Kompressen auflegen, und die Näherin hielt ihr das Fläschchen mit Riechsalz unter die Nase.

»Niemand hätte das überlebt«, rief die Tante aus, ohne die Köchin zu beachten, »und daß ich es überlebt habe« – sie wendete sich mir zu –, »daß ich nicht gestorben bin, verdanke ich unsrer Rasse, unserm Blut, das in unsrer Familie fortlebt. Vergiß das nie«, sagte sie drohend. Beim Heimfahren fragte ich unsre Köchin: »Wieso hat die Tante überlebt?«

»Das weiß man nie bei reiche Leut«, sagte die Köchin.

Als ich zehn Jahre alt war, rief eines Tages die Tante persönlich an. Meine Mutter war verreist, und die Köchin, die das Telephongespräch abgenommen hatte, kam in höchster Aufregung in mein Zimmer gelaufen und rief: »Jetzt ist aber wirklich was geschehn, ich weiß nur nicht was.«

Der Kutscher fuhr so rasch, wie er noch nie gefahren war, das Stubenmädchen stand schon in der geöffneten Tür, der Hund war nicht weggeräumt und versuchte, nach meinen Beinen zu schnappen. Das Stubenmädchen fing den Hund ein und rief: »Ins Herrenzimmer!« Ich lief ins Herrenzimmer. Ich stellte mich zwischen den Lederfauteuils und den Spiel- und Rauchtischen auf.

Die Tante konnte mich nicht sehen, sie saß, mir den Rücken zugewandt, an dem großen, mächtigen Schreibtisch, dem Schreibtisch meines Onkels. Alle Laden waren aufgerissen, und auf der rechten Seite der Schreibtischplatte lag ein Berg von Papieren. Sie hob Blatt für Blatt von dem Berg und schichtete die Blätter in drei Reihen, und jedes Blatt schlug sie mit der Hand, bevor sie es einordnete. Ich hörte ihr Flüstern: »Kein Mitleid, kein Erbarmen, ich verachte ihn, ich hasse ihn, ich verzeihe nichts...«

Als sie die drei Reihen in Bündel geordnet hatte, schlug sie auf die neun Bündel und schrie: »Er hat mich belogen, er hat mich betrogen, wir sind bankrott.« Da überkam mich der Mut, zum Schreibtisch zu gehen und mich vor sie aufzustellen.

»Du bist da«, sagte sie und legte ihre Hände auf meine Schultern. »Weißt du, was Haß ist?« Sie nahm meinen Kopf in ihre Hände und schrie: »Du sagst deiner Mutter, wir sind bankrott, hörst du: wir sind bankrott!«

Zwei Tage lang hatte ich immer wieder das unbegreifliche, scharfe Fremdwort ›bankrott‹ vor mich hin gesagt, um es nicht zu vergessen. Unsre Köchin konnte es nicht aussprechen und sagte nur: »Es muß was Schreckliches sein.«

Als meine Mutter nach zwei Tagen von ihrer Reise zurückgekehrt war, lief ich ihr entgegen und rief: »Bankrott, ich soll dir ausrichten, die Tante ist bankrott!«

»Was sagst du da?« fragte meine Mutter. Sie zog langsam ihren Mantel aus, nahm den Hut ab und reichte beides der Köchin. Meine Mutter ging wortlos ins Wohnzimmer zum Diwan und legte sich hin. »Was hast du gesagt?« fragte sie wieder.

Ich stand ganz nahe bei ihr und flüsterte: »Wir sind bankrott, hat die Tante gesagt.«

Meine Mutter schloß die Augen, sie war bleich und lag starr da, und es kam eine entsetzliche Angst über mich, sie könnte tot sein. Ich rüttelte sie und schüttelte sie, bis sie die Augen aufschlug. Sie begann bitterlich zu weinen: »Meine arme Schwester...«

Tante und Onkel mußten in eine Zweizimmerwohnung mit Kabinett übersiedeln.

Der Onkel, der ein leidenschaftlicher Bratschenspieler gewesen war, fand eine Anstellung in einem Orchester. Die Tante, die einst Sängerin werden wollte, fing wieder an zu singen und gab Musikunterricht.

So waren sie aus dem kaufmännischen Dasein zu ihrer eigentlichen Bestimmung zurückgekehrt. Aber der einstige Reichtum hatte sie in der Weise vergiftet, daß ihre unstete Liebe in steten Haß umschlug. Mein Onkel war sorglos, fröhlich, unbekümmert, das hatte sie an ihm geliebt, aber er war auch untreu und schwach und leichtsinnig in seinen Geschäften gewesen, sie wußte es, sie konnte es nicht ändern, sie hatte ihn manchmal dafür gehaßt. Als das Geld verloren war, durch seine Schuld, wurde ihr Haß maßlos.

In die Armut geraten, mußte ihr Mann ihr jeglichen Verdienst abliefern, auch noch nach Jahren, als sein Verdienst ansehnlicher geworden war.

Selten nahm mich meine Mutter mit zur Tante. Wenn der Onkel nicht da war, ging es sehr freundlich zu bei der Tante. Sie kredenzte uns Wein, gab mir Schokolade und lachte mit meiner Mutter.

War aber der Onkel da, so zählte sie immer wieder alle seine Sünden auf, von den falschen Spekulationen in seinen Geldgeschäften bis zu seiner Untreue. Er saß in einer Ecke in einem alten Korbsessel, er schlug die Augen nieder und hob die Hände: »Du kannst mir nicht verzeihen?«

Dann stand meine Mutter auf. »Ich kann es nicht mehr hören!« Sie schenkte die Gläser voll. »Vorbei ist vorbei«, rief sie, »man kann nicht leiden und büßen bis in alle Ewigkeit.«

Die Tante ging hinaus und kam zurück mit einer großen Schüssel voll Selbstgebackenem.

»Du bist leichtsinnig«, sagte sie zu meiner Mutter und rückte die Stühle und auch den Korbsessel zu dem Tisch. Es wurde viel von dem guten Gebäck gegessen, es wurde viel Wein getrunken, es wurde vieles vergessen.

Als uns der Onkel später zu der schon nächtlich versperrten Haustüre brachte, gab ihm meine Mutter einen Geldschein in die Hand. »Der ist für dich! Verstecken«, sagte sie, »nichts abgeben, verstecken!«

Später sah ich Onkel und Tante nur mehr selten.

Ich hatte geheiratet, wir lebten winters in Berlin und die übrige Zeit des Jahres in unserm Haus auf dem Lande.

Als die Kinder in eine Wiener Schule kamen, nahmen wir für den Winter eine Wohnung in Wien.

Meine Mutter war lange Zeit krank gewesen, und als sie starb, wurde die Tante krank vor Aufregung und konnte dem Begräbnis nicht beiwohnen. Bald darauf starb mein Onkel, ich ging zu seinem Begräbnis, meine Tante weigerte sich, an dem Begräbnis teilzunehmen.

Nach seinem Begräbnis ging ich zu ihr, um ihr meine Hilfe anzubieten. Bei meinem Eintritt in ihr Wohnzimmer saß sie am Flügel, sie spielte und sang ein evangelisches Kirchenlied. Neben dem Pedal lag ihr gelber Hund und schnarchte. In der Ecke des Zimmers stand der alte Korbsessel, über seiner Lehne hing eine schwarze Krawatte, und neben dem Klavier stand der Schaukelstuhl, über den war ein schwarzer Schleier gebreitet.

Die Tante hörte auf zu spielen und zu singen und deutete auf den Korbstuhl in der Ecke. »Dort hat dein Onkel gesessen.« Ich starrte auf die schwarze Krawatte, die er auf manchen Begräbnissen getragen hatte. Dann bewegte sie den Schaukelstuhl. »Da hat sie geschaukelt, meine Schwester.«

Sie fing wieder zu spielen an und zu singen, ich kannte das Lied, es hatte vierzehn Strophen.

Am Ende schloß sie den Deckel des Klaviers und deutete wieder auf den Korbsessel und den Schaukelstuhl. »Dein Onkel hat mein Leben zerstört«, sagte sie, »ich werde ihn hassen, solange ich lebe. Meine Schwester aber, die konnte ich nie hassen, sie war mein Fleisch und Blut. Sie hat es immer leicht gehabt, sie war schöner als ich, und sie konnte ihr Leben führen, wie es ihr gefiel.« Und dann kamen aus ihrem Munde Beschimpfungen gegen meine Mutter, die mich mit mörderischer Wut erfüllten.

Ich stand vor ihr, ich erhob die Hand zum Schlag. Sie riß die Augen auf und sah mich an, als ob sie den Schlag erwartete.

Der gelbe Hund stand auf und fletschte die Zähne.

Ich besann mich, ging zur Türe und schlug sie hinter mir zu.

Nach fünf Jahren wurde ich verständigt, meine Tante liege im Sterben. Ich war zu dieser Zeit in Wien, um Weihnachtsbesorgungen zu machen. Ich fuhr in das Spital.

Sie lag in einem Saal mit vielen anderen.

Ich stand vor ihrem Bett und fragte sie: »Willst du allein liegen? Willst du in die erste Klasse?«

»Ja«, antwortete sie, »das bist du mir schuldig.«

Am nächsten Tage besuchte ich sie in ihrem Einzelzimmer. Sie war allein. Ich weiß nicht, ob sie mich noch erkannte, aber die Finger ihrer Hände bewegten sich, als ob sie mir in der Taubstummensprache noch etwas sagen wollte.

Sie starb in einem kurzen, seufzenden Aushauchen. Sie war tot: zum ersten Mal in ihrem Leben.

II

Meine Tante starb an einem Tag im Dezember.

Ich stand zu Häupten ihres Bettes, die Krankenschwester am Fußende. »Das sehen wir alle Tage«, sagte sie. Dann kam sie auf mich zu und gab mir ihre Beileidshand. Ich drückte einen Schein in ihre Hand und bat sie, mich zu einer Telephonzelle zu bringen.

Mein Pate hatte auf meinen Anruf gewartet.

»Sie ist einen leichten Tod gestorben«, sagte ich, »nun ist es vorbei.«

»Es ist nicht vorbei«, sagte er und befahl mir, zu ihm zu kommen.

Als ich zu ihm kam, saß er hinter seinem Schreibtisch, und auf dem Schreibtisch lagen Schlüssel verschiedener Größen.

»Sie sind bezeichnet«, sagte er. »Hier sind die Wohnungsschlüssel und die von Kasten und Kommoden. Dieser Messingschlüssel hier öffnet den Schrank im Schlafzimmer, nimm den Pelzmantel heraus, bringe ihn mir, ich will ihn aufbewahren.«

Er sammelte die Schlüssel ein und tat sie in eine blaue Samttasche mit einem Schildpattbügel, in den Samt waren die Initialen meiner Tante gestickt.

»Laß keine Schlüssel im Schloß, bringe sie mir alle wieder zurück. Wenn Leute kommen, weise alle Forderungen zurück, zahle keine Rechnungen, das habe *ich* zu tun.«

Ich schüttelte den Kopf. »Bist du wahrhaftig der Testamentsvollstrecker?«

»Ja«, antwortete er, »aber frage mich nicht, noch nicht, du wirst alles rechtzeitig erfahren.«

Ich stand vor der Wohnungstüre der Tante, ich sperrte die Türe auf, ich schloß sie von innen wieder ab. Ich ging durch das dunkle Vorzimmer ins Schlafzimmer. Ich sperrte den Schrank auf, fand unter den Mänteln und Kleidern, eingehüllt in einen Seidensack, den Pelzmantel. Ich legte den Pelz und den Seidensack aufs Bett. Das Doppelbett war auf einer Seite aufgebettet und mit einer roten Seidendecke zugedeckt. Die andere Seite des Bettes war mit einem Leintuch bedeckt, auf dem kleine bunte Pölster lagen.

Ich ging ins Wohnzimmer. Alles war unverändert, der kleine Schreibtisch in der Ecke, der Bücherkasten voller Notenbücher, die Kredenz mit Silber, Porzellanfiguren, Kerzenleuchter, der Eßtisch, der Bösendorfer-Flügel, darüber das lebensgroße Bild meiner Tante in Abendkleid, Hermelinstola, Schmuck.

Ich öffnete die Samttasche, nahm die Schlüssel heraus und legte sie einzeln auf den Eßtisch. An jedem Schlüssel war ein kleines Schild befestigt, auf dem stand, welcher Schlüssel zu welchem Gegenstand gehörte.

Als ich begann, die Schlüssel zu ordnen, hörte ich, wie die Wohnungstüre aufgesperrt und zugeworfen wurde, ich hörte jemanden den Vorzimmergang entlang schlurfen und mit dem Fuß gegen die Wohnzimmertür stoßen. »Aufmachen, sonst fallt mir alles aus die Händ!« hörte ich.

Ich öffnete die Türe, vor mir stand ein Mann, in jedem Arm eine Zimmerpalme. Er stellte die Palmen auf den Eßtisch und schob dabei die Schlüssel beiseite.

»Ich bin der Hausmeister«, sagte er, »und Sie sind die Nichte.« Dann zog er Papiere aus seiner Hosentasche.

»Gas, Elektrisch, Wasser, Telephon, sofort zahlbar.«

»Die Rechnungen müssen Sie an den Testamentsvollstrecker schicken«, sagte ich und zog aus der Samttasche eine Visitenkarte meines Paten.

»Aber die Extrakosten«, sagte er, »Pflege der Palmen, Stiegenreinigung, und fürs Inspizieren der Wohnung, damit keine Einbrecher kommen.«

»Wieviel?« fragte ich.

Er nannte eine mäßige Summe. Ich gab ihm das Doppelte, wohl wissend, wie abhängig ich von ihm sein würde bei der Abwicklung der Erbschaft. Er dankte, deutete mürrisch auf die Palmen und sagte: »Und was ist mit die Blumen?«

»Wollen Sie sie nicht behalten?« fragte ich.

»Nein«, sagte er, »meine Wohnung geht auf den Lichthof und hat kein Licht.«

»Wo waren denn die Palmen?« fragte ich.

»Solang als was die Frau Professor im Spital war, hab ich sie ausgeliehen ans Kaffeehaus, was nebenan ist. Rauch schadet ihnen nicht.«

»Kann man sie einem Mieter im Haus schenken?« fragte ich.

»Das geht nicht, die Frau Professor war durchaus feindlich gegen alle.«

»Und das Kaffeehaus?« schlug ich vor.

»Das geht nicht«, sagte er zögernd, »das hat die Frau Professor nämlich nie wissen dürfen, daß ich die Blumen dort aufgehoben hab.«

»Warum?« fragte ich.

Er zog den Atem ein, dann stieß er hervor: »Das ist nämlich das Kaffee von die Eisenbahner – lauter anständige Sozis – jetzt hat mir aber leider oft die Frau Professor gesagt, die Sozis sind für sie, was für einen spanischen Stier das rote Tuch ist, und drum kann ich die Blumen dort nicht stehen lassen.«

»Ich kann die Palmen nicht brauchen«, sagte ich, »meinetwegen können Sie sie wieder hinbringen.«

Er sah mich erstaunt an und sagte: »*Sie* sind die Nichte?«

Ich fragte ihn: »Hat Ihnen meine Tante etwas versprochen?«

»Nein«, sagte er, »die Frau Professor überhaupt nicht, und der Tod vom Herrn Professor ist schon lang her, aber der hat mir als letzten Wunsch seinen Frack versprochen, weil mein Sohn Kellner ist.«

»Wo ist der Frack?« fragte ich.

»Im Kabinett müßt er sein.«

Wir gingen ins Kabinett, der Hausmeister drehte das Licht an. Es war eine 25er Birne unter einem braunen Lampenschirm. Da war ein Sofa, bedeckt mit einem weißen Tuch, da stand ein Tisch, ein Stuhl, eine Kommode, ein Schrank.

»Das war das Zimmer vom Herrn Professor in seiner Lebenszeit«, sagte er.

Ich hatte die Schrankschlüssel in der Hand und fand den mit der Etikette ›Herrengarderobe‹. Ich sperrte auf, fand den Frack, er war eingekampfert, stattlich und mottenfrei. Ich fand auch Frackhemden und Krawatten. Der Hausmeister bedankte sich, hängte alles über einen Arm, zog das weiße Tuch von dem Divan und hüllte damit Frack und Hemden ein.

»Die brauchen nichts sehen«, sagte er, »wenn ich die Stiegen herunter geh, sonst reden's gleich, die Leut.«

»Und die Palmen?« fragte ich.

»Die hol ich später.«

Er ging weg und sperrte die Wohnungstür von außen zu.

Ich ging ins Wohnzimmer, nahm die Palmen und

stellte sie auf eine Kommode ins Vorzimmer. So konnte ich die Schlüssel auf dem Eßzimmertisch wieder ausbreiten, sortieren und in verschiedene beschriftete Couverts tun.

Es war eiskalt in der Wohnung, und das kalte Metall der Schlüssel brannte in meinen Fingern, ich zog meinen Mantel an, ich zog mir die Pelzmütze über die Ohren, zog mir Handschuhe an.

Dann ging ich von Zimmer zu Zimmer und drehte alle Lichter an und in der Küche den Gasbackofen.

Auf der Kredenz im Wohnzimmer stand eine Flasche Malaga, aber ich konnte mich nicht entschließen, ein Glas zu suchen und mir uneingeladen, unaufgefordert den Wein einzuschenken.

Als ich die Schlüssel geordnet hatte, behielt ich einen zurück, auf dessen Messingplakette stand eingraviert ›Ballkleider‹. Er gehörte zu einem großen Mahagonischrank, der im Vorzimmer stand.

In weißen Kleidersäcken, mit Knopfleisten wohl verschlossen, hingen die Kleider. Ich knöpfte die Säcke auf, faltete sie sorgfältig zusammen und legte sie auf das breite Hutgestell im Vorzimmer.

Da hingen nun die Ballkleider, in dunkelrotem, grünem, blauem Samt, daneben die Gesellschaftskleider und in einer Ecke zwei Jackenkostüme. An jedem Kleiderbügel war ein Mullsäckchen befestigt mit getrocknetem Lavendel. Unter den Ballkleidern standen Ballschuhe, unter den Gesellschaftskleidern Chevreau- und Lackschuhe, unter den Kostümen Straßenschuhe, alle in Reih und Glied, und kein Stäubchen lag auf ihnen, auf der Kleiderstange und auf den Kanten der Türen.

Ich schob die Ballkleider beiseite und prüfte die Gesellschaftskleider: ich mußte ihr Totenkleid auswählen.

Ich hatte seit dem Tod meiner Mutter kein Kleid mehr suchen müssen für den Sarg.

Ich wählte das schwarze Seidenkleid mit den weißen Spitzen, das hatte sie zu Konzerten getragen. Ich hängte das Kleid an die Kastentüre und stellte ein Paar Lackschuhe darunter. Ich holte Wäsche und schwarze Strümpfe aus ihrem Schlafzimmer und legte sie auf das Taburett, das im Vorzimmer stand. Eines ihrer Spitzentaschentücher tat ich in die Tasche des ausgewählten Kleides. Ich dachte nach, ob ich ihr noch etwas mitgeben sollte, da läutete es an der Wohnungstüre dreimal heftig und schrill.

Ich sperrte die Türe auf, vor der Türe stand eine Frau mit einem Koffer. Sie stieg mit einem langen Schritt von dem Türabstreifer auf den Laufteppich des Vorzimmers, ohne den glänzenden Parkettboden zu berühren.

»Ich bin die Bedienerin«, sagte sie, »die Gnädige Frau kennen mich nicht, aber die Dame sind die Nichte!«

Sie stellte den Koffer nieder, richtete sich auf und starrte an mir vorbei auf das Kleid, das an der Schranktüre hing.

Sie hatte schwarze Haare, ein breites Gesicht mit roten Flecken auf der Haut über den Backenknochen, die schwarzen Augen lagen nahe an der dünnen, langen Nase, der Mund war klein, die Lippen dick und farblos. Ihre Gestalt war groß, fleischig, grob.

Sie rührte sich nicht von der Stelle, aber plötzlich streckte sie den Arm weit von sich und deutete mit dem Zeigefinger auf das Kleid. »Das Kleid«, sagte sie und verstummte.

»Das Kleid will ich ins Spital bringen«, sagte ich.

Sie zog den Arm ein, rang die Hände und rief: »Ja aber – aber was trag dann *ich* zum Begräbnis?«

Ich ging zum Schrank, nahm ein schwarzes Kostüm heraus. »Das können Sie haben.«

Sie riß mir das Kleid aus der Hand, kniete sich neben den Koffer nieder und bettete das Kleid hinein. Sie streichelte den Stoff. »Wie neu«, sagte sie, »das hat die Frau Professor nicht mehr angehabt, viele Jahre nicht, da ist sie nicht mehr hineingegangen. Da muß ich mich aber höchlichst bedanken…« Sie sprang auf und küßte mir die Hände.

»Bitte packen Sie Kleid und Wäsche meiner Tante in einen Karton«, sagte ich, und während sie das tat, ging ich ins Schlafzimmer, holte zwei Kleider und einen Mantel aus dem Schrank und legte sie aufs Bett. Über den Pelzmantel tat ich den seidenen Überzug. Dann zog ich alle Schlüssel ab, steckte sie in ihre Couverts und in die blaue Tasche. Die Bedienerin hatte inzwischen die Lichter ausgedreht und den Gasofen abgestellt. Sie kam ins Schlafzimmer.

Ich deutete auf die Kleidungsstücke auf dem Bett.

»Die können Sie auch noch haben.«

Ich hatte den Pelzmantel auf dem Arm und sah ihr zu, wie sie sich auf die Kleider und den Mantel stürzte, sie packte. Dann lief sie damit auf den Gang, warf sie in den Koffer, ich hörte, wie sie den Deckel zuschlug.

Ich telephonierte im Wohnzimmer um ein Taxi. Als ich den Hörer eingehängt hatte, nahm sie meine beiden Hände und bedeckte sie mit Küssen.

»So gut sind die Dame, ich hätt gar nicht glauben können, wie gut. Aber die Frau Professor hat oft gesagt: ›Meiner geliebten Nichte werde ich alles anvertrauen, mein Alles!‹« rief die Bedienerin aus.

»Morgen um elf Uhr komme ich wieder«, sagte ich, »und ich möchte gern alle Öfen geheizt haben.«

Sie deutete auf die blaue Samttasche. »Ich hab keine Schlüssel«, sagte sie, »die hat der Hausmeister. Der war eh schon da.« Sie zeigte auf die Palmen.

Ich trug den Pelzmantel und die Samttasche, sie trug ihren gefüllten Koffer und die graue Schachtel.

Vor der Hausmeisterwohnung blieb ich stehen.

»Der«, sagte sie, »gibt mir die Schlüssel nicht, und aufsperren tut er mir auch nicht.« Sie ging weiter zur Haustüre und stellte den Karton neben die Türe.

Ich klopfte, und als der Hausmeister erschien, war sie verschwunden.

»Können Sie morgen früh der Bedienerin aufsperren, damit sie alle Öfen heizen kann?«

»Nein«, sagte er, »das kann man nicht! Aber ich werd die Öfen selber heizen.«

III

Am nächsten Morgen, sehr früh, brachte ich die graue Schachtel mit Kleid, Schuhen und Wäsche ins Spital, dann fuhr ich zum Bestattungsunternehmen. Man empfing mich freundlich und wohlwollend. Ich mußte mich als Nichte ausweisen, dann legte der Beamte ein dickes Photographiealbum vor mich hin.

»Die ersten zehn Seiten kann die Dame überschlagen, da sind nur Särge für Kinder, Jünglinge und Jungfrauen, dann kommen die billigen Särge, was für die Dame kein Interesse haben, so fangen wir am besten bei Seite 38 an.«

Ich wählte einen Sarg von Seite 46, er war schwarz lackiert mit metallenen Beschlägen.

Ein andrer Beamte kam, um mit mir die Ausschmükkung der Kirche, die Einzelheiten des Begräbnisses zu besprechen. Ich mußte mehrere Papiere unterschreiben und eine bedeutende Anzahlung leisten. Dabei stellte ich fest, daß die Geburt eines Menschen weniger kostspielig ist als sein Tod.

Um halb elf war ich in der Wohnung der Tante. Die Bedienerin schien vor der Haustüre auf mich gewartet zu haben. In der Wohnung war es warm, die Kachelöfen in Wohn- und Schlafzimmer waren geheizt, selbst der kleine Ofen im Kabinett des Onkels wärmte.

Ich ging ins Wohnzimmer und legte die Schlüsselbunde aus. Ich hatte sie zu Hause sortiert: die Schrank-, die Kommodenschlüssel, die für Laden und die kleinen für Koffer.

Die Bedienerin stand vor dem Tisch und schaute auf die Schlüssel. »Einer fehlt«, sagte sie, »ich weiß schon.« Sie nickte. »Der von der mittleren Kommodenlade im Schlafzimmer.«

»Ich habe *alle* Schlüssel bekommen«, sagte ich.

Sie schüttelte den Kopf. »Aber der fehlt – der Herr Doktor werden schon wissen, wonach ihm der Sinn steht!«

Sie hatte eine merkwürdige Art, sich auszudrücken, und ihr Bemühen um eine hochdeutsche Aussprache ließ sie die Sätze meist langsam und skandierend formen. Mir fiel auf, daß selbst der Hausmeister nicht in seiner gewohnten Sprache mit mir sprach, und mir fiel ein, daß meine Tante, aus Hamburg stammend, nur die norddeutsche Sprache anerkannte und sich immer geweigert hatte, eine andere Aussprache oder gar Dialekt zu verstehen. Ja, ich konnte mich erinnern, daß sie böse wurde, wenn ich als Kind wienerische Ausdrücke gebrauchte. »Man spricht deutsch«, pflegte sie zu sagen. Anscheinend hatte sie ihre Umgebung mit Erfolg dazu gezwungen, in einer für sie ungeläufigen Sprache mit ihr zu sprechen.

»Ich werde den Schlüssel schon finden«, sagte ich.

Die Bedienerin zuckte mit den Achseln.

Ich fragte sie: »Hat meine Tante einen letzten Wunsch gehabt?«

»Wenn die Gnädige Frau mich nicht auf einmal so plötzlich fragen täten, hätte ich es nimmer gesagt! So aber gestatte ich mir frei herauszusagen, daß ich alle Küchenmöbel krieg, die muß man eh alle neu anstreichen, und den Divan auch, wo der Herr Professor drauf gestorben sind, und den Kasten in seinem Zimmer auch, und das hat mir die Frau Professor alles auf den Kopf zugesagt.«

»Die Möbel können Sie haben«, sagte ich, und sie küßte mir wieder die Hände. Dann trat sie ein paar Schritte zurück, senkte den Kopf und sagte leise: »Das von die Möbel hat Frau Professor befohlen – aber gewünscht hat sie sich ganz was anderes!«

Die roten Flecken in ihrem Gesicht liefen bläulich an, sie öffnete den Mund, verschluckte aber die Worte, bevor sie ihr über die Lippen kommen konnten.

Ich ließ ihr Zeit, dann sagte ich: »Können Sie mir den Wunsch nicht sagen?«

»Ich tu's«, rief sie, »ich sage es, aber es wird für die Gnädige Frau peinlich sein und für mich auch und für den Herrn Professor am peinlichsten.«

»Wieso für meinen verstorbenen Onkel?«

»Weil der Herr Professor mit der Frau Professor in einem Grab liegen muß«, sagte sie, »und da wird es ihm peinlich sein, wenn ein Dritter dabei ist.«

»Weiter«, sagte ich.

Sie deutete auf die blaue Samttasche. »Den Beutel, was die Gnädige Frau jetzt in Ihren Händen halten tut, den hat die Frau Professor in die letzten Zeiten nicht aus die Hände gegeben oder ihn versteckt, und in der Nacht war *er* unter ihrem Kopfpolster.«

»Wer?« sagte ich.

»Das weiß ich nicht«, sagte sie, »aber einmal, wo sie zum Elend krank war, hat sie's aus der Tasche gezogen und hat zu mir gesprochen: ›Sehen Sie sich das Bild gut an, das war mein erster Geliebter.‹ Und dabei haben ihre Augen ausgeschaut, daß das Fürchten über mich gekommen ist.« Sie stockte, krampfte ihre Hände ineinander, dann sagte sie mit abgewandtem Kopf: »Also die Frau Professor möcht das Bild von ihrem ersten Geliebten direkt in den Sarg haben.«

»Wo ist das Bild?« fragte ich.

»Ja«, sagte sie, »wenn das leicht wär. Aus dem Beutel hat sie's herausgenommen, bevor sie ins Spital ist, und den Beutel mit allen Schlüsseln an den Herrn Doktor geschickt, aber wo die Frau Professor das Bild versteckt haben würden, das kann ich durchaus nicht wissen.«

Ich setzte mich an den Schreibtisch. Die Bedienerin brachte mir einige Kassetten aus dem Bücherschrank, die waren voll von Bildern, wohl an die dreihundert Stück.

»Wir haben da so viel Herrn und viele in Uniform«, sagte sie und begann die Bilder auf den Schreibtisch zu stapeln.

In einer Kassette waren ganze Regimenter versammelt, aber die korrekten Widmungen sagten mir, daß da keine Liebe zu finden sei. In der nächsten Kassette gab es viele Sänger in herrlichen Kostümen, die Autogramme waren heiter oder launisch verfaßt, aber nichts ließ darauf schließen, daß meine Tante locker gewesen war. In der dritten Kassette waren Bilder von meiner Mutter und mir, vom Säuglingsalter an.

Die Bedienerin sagte nachdenklich: »In Uniform war er ...«

Ich dachte nach und fragte sie dann: »Was verstehen Sie unter Uniform?«

»Das kommt ganz drauf an«, sagte sie eifrig, »in der Oper, wo sie singen, und im Theater, wo sie nur reden tun, tragen die Herren alle schöne Uniformen, ich mein, wenn sie schön angezogen sind und nicht die eigenen Anzüg anhaben. Und beim Militär haben sie auch Uniformen und bei der Polizei und bei der Post und bei der Bahn, aber die Galauniformen von die Offiziere und früher von unserm Kaiser, das sind Uniformen so schön wie auf der Oper.«

Nun holte ich die kleinen Schlüssel für die Schreibtischladen, um nach dem Bild zu suchen. Ich fand in den oberen kleinen Schubladen bezahlte Rechnungen, Briefe, Ansichtskarten, aber kein Bild. Dann zog ich eine der beiden großen, tiefen Schubladen heraus, die sich rechts und links unter der Schreibtischplatte befanden. In der rechten stand eine große Schmuckkassette aus grünem Saffianleder. Die Bedienerin hob sie aus der Lade und stellte sie vorsichtig auf den Schreibtisch.

»Wo ist das Schloß?« fragte ich.

»Da ist kein Schloß und kein Schlüssel«, sagte sie, »da gibt's nur einen geheimen Öffner.«

Sie drückte heftig auf eine verborgene Feder, der Dekkel sprang auf. Im oberen samtgefütterten Fach der Schmuckschatulle lagen gebündelte, verschnürte Briefe, getrocknete Blumen, ein kleiner Spiegel. Ich hob das obere Fach heraus, stellte es auf den Schreibtisch – und dann sah ich die Bilder. Ich hielt das Bild in der Hand, auf dem, fröhlich wie ein Kegelklub, Planetta, Holzweber und die andern abgebildet waren, die den Kanzler Dollfuß ermordet hatten. Unter der Photographie stand: ›Wir werden euch nicht vergessen, ihr Helden, die ihr für Deutschlands Größe durch schnöden Verrat gefallen seid und den Opfertod erlitten habt.‹

»Den Opfertod erlitten habt«, sagte die Bedienerin vor sich hin, und ihre Augen füllten sich mit Tränen.

Ich hielt den Atem an. »Aber das sind doch Mörder...«

Sie sah mich starr an, nahm mir das Bild mit ihren heißen Fingern aus der Hand und drückte es an sich.

»Sie sind ihr Fleisch und Blut«, sagte sie langsam und drohend, »das hat Ihre Tante immer gesagt.«

Sie nahm viele Bilder aus der Kassette und bündelte sie auf, das Hakenkreuz, das obenauf lag, tat sie auf den Schreibtisch und gruppierte die Bilder in einem Kreis darum herum.

»Da ist unser Führer«, sagte sie, »in allen Stellungen, und da sind die, was zu ihm stehen, die ihm nachfolgen.« Sie deutete auf die Bilder von Goebbels, Himmler, Göring, Streicher und anderen. »Schauen alle aus wie Heilige. Und da haben wir den Wessel«, fuhr sie fort, »Herrgott, schaut der schlecht aus, muß der Hunger erlitten haben. Aber jetzt ist unser Führer dran, und der schaut schon dazu, damit keiner mehr einen Hunger leidet. Die Frau Professor hat oft den Wessel angeschaut, und dann hat sie zu ihm gesagt: ›Du Held bist erschossen worden, du bist tot, aber unsterblich. Nun bist du im Himmel und sitzest zur Rechten Jesu.‹ Und dann ist sie zum Klavier gegangen und hat gespielt, sehr leise, damit's kein Nachbar hört, und hat mit ihrer Stimme so schön gesungen: ›Die Fahne hoch, die Reihen fest geschlossen.‹ Ich hab immer weinen müssen, wenn sie das Horst-Wessel-Lied gesungen hat.« Sie schluchzte und sprach unter Schluchzen: »Also unsern Führer hätt die Frau Professor so gern überm Bett hängen gehabt und den Wessel am Nachtkasterl stehen, aber wir haben uns nicht getraut, wegen dem Hausmeister, der ist ein Roter, ein ganz ein starker, wenn der was bemerkt hätt, wär schon die Anzeig' da gewesen bei der Regierung, und dann wären wir aufgehängt worden.«

Ich saß vor dem Schreibtisch, ich konnte mich nicht regen und bewegen. Ich hatte Angst.

Da sagte die Bedienerin: »Haben die Gnädige Frau nichts gehört?« und ging zum Telephon.

»Das ist die Frau Professor Müller«, flüsterte sie, »wegen dem Bild müssen Sie sie fragen, die weiß es.«

Ich ging ans Telephon, ich konnte kaum sprechen, aber *sie* sprach: »Die Arme, so früh sterben, sie war ein Engel, und wie hat sie Sie geliebt. ›Mein süßes Kind‹ hat sie Sie immer genannt, wenn sie von Ihnen sprach.«

Sie redete und redete, bis mir der Hörer aus der Hand fiel.

Die Bedienerin sagte: »Ist Ihnen schlecht?« und nahm mir den Hörer aus der Hand.

»Frau Professor«, sagte sie energisch, »wir können ihn nicht finden, aber ich weiß, daß Frau Professor weiß, wo der erste Geliebte von unsrer Frau Professor ist.«

Ich hörte ein hexenhaftes Kichern aus dem Telephon, die Bedienerin hielt die Hand auf die Telephonmuschel. »Die lacht«, sagte sie und nickte, »die weiß es!« Dann sagte sie: »Danke schön, danke schön, und die Gnädige Frau danken auch...«

Die Bedienerin ging zur Kredenz. »Mittlere Lade, auf den Eislöffeln liegt er.«

Sie nahm das Bild heraus, es war in rosa Seidenpapier verpackt und mit einer Silberschnur verschnürt. Ich packte das Bild sorgfältig aus. Ich hielt das Bild in der Hand und sah auf den ersten Blick: es war d'Andrade als Don Juan, gemalt von Slevogt. Auf der Rückseite stand: ›Ach, wie so trügerisch – Immer der Deine‹.

Ich packte das Bild wieder ein und tat es in die blaue Samttasche, in der es so lange gelegen hatte.

Nun sperrte die Bedienerin alle Kasten und Laden ab und übergab mir die Schlüssel.

»Zählen die Gnädige Frau nach – ich habe überhaupt keinen Schlüssel, und wenn in der Wohnung was fehlt, kann es höchstens der Portier sein, der hat Schlüssel.«

»Ihre Möbel können Sie morgen abholen, der Hausmeister wird Ihnen die Wohnung aufsperren.«

Ich tat alle Schlüssel in meine Handtasche, die Bedienerin verabschiedete sich: »Ein Telephon habe ich keines, aber die Gnädige Frau werden vielleicht mich nicht brauchen.« Sie sah mich fragend an, und ich schüttelte heftig den Kopf. »Und auf dem Begräbnis bin ich!«

Ich war sehr früh in der Kirche und bat, mich zu dem Sarg zu führen. Ich trug einen langen schwarzen Schleier, der mir vom Hut bis auf die Hände fiel, er machte es möglich, den letzten Wunsch der Tante zu erfüllen.

Zwei Männer hoben den Deckel des Sarges, ich beugte mich vor und legte unter dem Schutz meines Schleiers das Bild unter ihre gefalteten Hände.

Ihr Gesicht war feierlich und von einer Schönheit, die sie in vielen bösen Lebensjahren verloren hatte.

Um den Sarg waren Blumen und wenig Kränze. Es waren viele Frauen da und wenig Männer.

Der Pastor sprach von ihrer Frömmigkeit, ihrer schönen Stimme, ihrer Tierliebe.

Als wir, mein Pate und ich, zum geschaufelten Grab gingen, drängte sich die Bedienerin durch die Menge der Freundinnen meiner Tante, die mir kondolierten und um ein Andenken baten.

Die Bedienerin bahnte sich einen Weg zu meinem Paten und stellte sich vor ihm auf. Sie fragte ihn: »Wann beliebt es den Herrn Doktor, mein Erscheinen zu erwarten?«

Er drückte ihr einen Geldschein in die Hand und sagte: »Heute abend, pünktlich um sieben Uhr.«

Ich flüsterte ihm zu: »Ich will sie nie mehr, hörst du, *nie* mehr sehen!«

»Du mußt«, sagte mein Pate.

IV

Als ich am Abend zu meinem Paten kam, hatte er auf seinem Schreibtisch Schmuckstücke ausgebreitet, und der Pelz hing über einem Fauteuil.

»Das ist der Nerz«, sagte er, »und das sind die Schmuckstücke: Smaragd – Saphir – Rubin – Perlen – Brillanten – es fehlen manche Stücke, die mußte sie verkaufen.«

»Es ist noch viel da«, sagte ich erstaunt, »sie war doch arm?«

»Ja und nein«, sagte er, »sie hat vieles gerettet, und sie wußte es zu behalten und zu bewahren.«

Mein Pate legte die Schmuckstücke zurück in ihre Kassetten, sperrte sie ein. Über den Pelz zog er den Seidensack. Wir gingen ins Speisezimmer.

Es läutete an der Wohnungstüre, bald klopfte es, und die Bedienerin trat ein, im Kostüm der Tante. Sie trug einen Korb, der voller Decken war. Sie stellte den Korb neben den Kachelofen. Sie sah meinen Paten an, deutete auf den Korb und sagte mit lauter Stimme: »Da ist er, der Mucki!«

»Wer?« fragte ich.

»Der Hund«, sagte sie.

Mein Pate nahm meine Hand und sagte leise zu mir: »Bitte sei still. Kein Wort!«

Die Bedienerin sah mich scharf an, ihre schwarzen Augen funkelten. Sie sagte: »Da ist er also, der Mucki. Bei mir war er jetzt drei Wochen. Mit Futter ist er ganz heikel, das sag ich frei heraus, und das Geld, was ich dafür an Verbrauch getätigt habe, darüber werden sich der Herr Doktor wundern. Der Herr Doktor wissen es ja, der Mucki ist durchaus blind, aber das ist schon so lang her, daß er alles finden kann, weil er's gewöhnt ist, daß er nichts sehen kann. Ob er schlecht hört, das weiß ich nicht, weil er bei der Frau Professor hat tun dürfen, was ihn gefreut hat. Verbieten darf man ihm gar nichts, weil er sofort beißt, und dann bitte gleich mit einem Jod pinseln, wegen der alten Zähne, was er hat und was verfault sind, wo man sonst leicht eine Vergiftung heraufrufen könnte. Zum Schlafen darf man ihn nicht in seinen Korb lassen, weil er im Bett neben der Frau Professor geschlafen hat, und einen Zettel haben die Frau Professor zurückgelassen für die Gnädige Frau, da drauf steht, wie sie den Mucki geheißen hat von der Früh bis in die Nacht.«

Sie trat vor und legte ein steifleinenes, längliches rosa Papier auf den Tisch vor mich hin. Es war eine Liste von säuberlich untereinander geschriebenen Wörtern in der kalligraphischen Handschrift meiner Tante.

Zuoberst stand: ›Guten Morgen, mein Goldhähnchen‹, zuunterst stand: ›Gute Nacht, mein Sternenschäfchen‹.

Die andern Worte verschwammen vor meinen Augen, ich zog die Hand aus der meines Paten.

»Gehen Sie sofort«, befahl mein Pate der Bedienerin, »verlassen Sie uns. Die Summe für Ihren Lohn und die Verpflegung des Hundes wird Ihnen in meiner Kanzlei ausgeliefert.«

Die Bedienerin gehorchte, sie verließ das Zimmer, ohne uns die Hände zu küssen.

Nach einer langen Zeit des Schweigens sagte ich: »Wie alt ist der Hund?«

»Vierzehn Jahre alt«, sagte mein Pate.

»Wird ihn der Tierschutzverein noch nehmen?«

»Nein«, sagte er, »das kann nicht geschehen. Du kennst den Hund, du hast ihn vor fünf Jahren gesehen.«

»Das gelbe Scheusal unter dem Klavier?« fragte ich.

Er nickte.

»Pfui«, sagte ich und spürte, wie eine brennende Welle von Wut in mir aufstieg. »Sie hat ja immer diese häßlichen, bösartigen, bissigen Köter gehabt. Seit ich denken kann, habe ich mich vor ihnen gefürchtet, vor ihren Bissen mit den verfaulten Zähnen...«

Mein Pate ging schweigend zu dem Kachelofen, nahm den Korb und trug ihn zu einem breiten Sessel, der bei dem Tisch stand. Das Licht über dem Tisch fiel auf den Korb. Er zog die Decken weg, da lag der Hund.

Der Hund streckte sich, richtete sich auf, spreizte die

krummen Beine. Er hatte ein glattes, gelbes Fell, spitze Ohren, einen unförmigen Leib.

Ich sah ihn an und ekelte mich.

Der Hund hatte seine Augen auf mich gerichtet: die Augen hatten keine Iris, keine farbenbildende Traubenhaut unter der Iris, keine Pupillen, nur die weiße, harte Hornhaut überzog die Augen. Er begann die weißen Kugeln in seinen Augenhöhlen zu rollen, er knurrte und entblößte seine Zahnstummel.

Mein Pate legte die Hand auf den Kopf des Hundes, der rollte sich zusammen. Er deckte die Decken über ihn und trug den Korb zurück zum Ofen.

Mein Pate kam zurück zum Tisch und setzte sich neben mich. »Höre mir zu«, sagte er, »du erbst wertvollen Schmuck, einen kostbaren Pelz, schönes, echtes Silber. Der Hund gehört zur Erbschaft. Er ist nicht wertvoll und schön, aber er ist eine Verpflichtung.«

Ich fragte: »Muß ich Schmuck, Pelz, Silber annehmen?«

»Ja«, sagte er, »du bist die Erbin.«

Ich preßte die Lippen zusammen, ich spürte Tränen in meinen Augen, ohne zu weinen.

Mein Pate trug den Korb behutsam die Treppen hinunter zu einem Auto, das auf uns wartete. Er stellte den Korb neben den Sitz des Chauffeurs, dann öffnete er die hintere Wagentüre. »Du mußt nicht neben dem Hund sitzen, du fürchtest dich vor ihm.«

Er sprach zu mir, wie er zu mir gesprochen hatte, als ich ein kleines Kind war. Er legte meine Hand an seine Wange und küßte mich.

Der Chauffeur brachte den Hund und mich zu meiner Wohnung. Mein Pate kannte den Taxichauffeur und schien ihn informiert zu haben. Der nahm den Hund aus dem Korb, legte ihn an die Leine, stellte ihn in den Rinnstein und gab mir die Leine in die Hand. Der Hund ließ eine große Lache fließen, dann ging er mit mir zur Haustüre und stieg langsam die Treppenstufen hinauf zu meiner Wohnungstüre. Der Chauffeur trug den Korb in die Wohnung und stellte ihn neben die Heizung.

Als er gegangen war, sprang der Hund in den Korb, rollte sich zusammen und kümmerte sich nicht um mich, auch, als ich vorsichtig die Decken über ihn legte. Ich stellte dem Hund eine Schale Milch und eine Schale Wasser vor den Korb in zwei Schüsseln, rosa und blau, auf denen in verblichener goldener Schrift ›Milch‹ und ›Wasser‹ stand.

Am nächsten Tag kaufte ich Kalbsleber, kochte sie für ihn, zerschnitt sie in kleine Stücke und stellte sie in einem weißen, unbezeichneten Porzellanteller vor ihn hin.

Er trank keine Milch, er trank kein Wasser, er aß keine Leber.

Ich wagte nicht, ihm die Leine anzulegen, und so stieg er viermal an diesem Tag aus dem Korb und begoß Parkettboden und Teppich mit langen, breiten Lachen. Am nächsten Morgen rief ich meinen Paten an. »Er frißt nicht, er trinkt nicht, ich kann ihn nicht auf die Straße führen.«

»Ich komme«, sagte er.

Er kam, nahm die Wasserschüssel, füllte sie mit warmem Wasser, tat Honig hinein, hielt sie dem Hund hin.

Der trank die Schale bis zur Hälfte, dann wollte er wieder in den Korb zurück. Mein Pate befestigte die Leine an dem Geschirr, das der Hund um den Bauch trug, und sagte zu mir: »Sage nicht ›eisserln‹, sage ›Gassegasse‹ zu ihm.«

Als wir auf der Straße waren, führte ich ihn zu einem Rinnstein und murmelte »Gassegasse«, und dem Hund entrann ein Strom, der durch die Gosse bis zum entfernten Kanalgitter floß. Dann ging er langsam hinter mir her, die Treppen hinauf und legte sich in seinen Korb.

Mein Pate hatte eine Krokodilledertasche mitgebracht und auf den Tisch gestellt. Nun packte er aus: vier Hundemäntel, rot, braun, grau und grün, und ein schwarzes Gummideckchen für den Regen. Die Geschirre, die er auf den Tisch legte, sahen aus wie Miniaturgeschirre von Pferden der Spanischen Reitschule. Zuletzt kam der Maulkorb, ein zartes Geflecht aus silbrigem Draht, und über all das legte er eine Kaschmirdecke in Schottenmuster.

»So«, sagte ich, und kein Lächeln kam mir in den Sinn, »diese Kinderausstattung war wohl in der versperrten Lade, zu der ich keinen Schlüssel hatte.«

Er nickte, lachte und drückte mir eine Photographie in die Hand, ich zuckte zusammen, ich reagierte empfindlich auf die Photos meiner Tante. »Das ist der Großvater von Mucki«, sagte mein Pate.

An einem geöffneten Fenster stand die jugendliche Tante in einem hellen Sommerkleid, auf dem Fensterbrett stand ein Hund auf seinen Hinterbeinen. Er war akkurat so häßlich wie Mucki, nur waren Augen in seinen Augenhöhlen. Auf dem Kopf trug er eine deutsche Soldatenmütze, ein wenig schief über ein Ohr gezogen. Die Tante hielt ihn an den Vorderpfoten und hatte seine rechte Vorderpfote salutierend an die Mütze gelegt. Darunter stand geschrieben: ›Kriegsfreiwilliger Mucki, August 1914‹.

»Er ist sehr alt geworden«, sagte mein Pate.

Drei Tage mußte mein Pate kommen, er tat in die Wasserschale Honig, der Hund trank ein wenig davon.

Er fraß nichts von der täglich frisch gekochten Leber, er rührte die Milch nicht an.

Am dritten Tag sagte ich: »Warum frißt er nicht, warum nimmt er keine Milch?«

»Vielleicht will er am Hunger sterben«, sagte mein Pate.

»Ich kann das nicht ertragen«, schrie ich, »ich will das nicht sehen!«

»Du verstehst nichts von Hunden, du hast meine Hunde auch nie leiden mögen.«

»Wir haben vier Hunde zu Hause, vier schöne Hunde«, sagte ich.

»Die gehören deinem Mann, nicht dir«, sagte er, »die gefallen dir, aber du kümmerst dich nicht um sie.«

Am nächsten Tag mußte ich nach Hause fahren. Es war knapp vor Weihnachten.

Mein Pate holte mich ab, er trug den Pelzmantel über dem Arm.

»Eigentlich steht dir der Mantel erst zu, wenn du die Erbschaft offiziell angetreten hast, aber da fängt schon der Frühling an. Im Gebirge ist es kalt.«

Er brachte mich zur Bahn. Er trug den Korb mit dem Hund vom Taxi bis ins Coupé und stellte ihn auf die Samtpolsterbank. Er nahm die schottische Decke heraus, hüllte den Hund ein und legte den eingehüllten Hund auf den Platz neben mich und gab mir die Leine in die Hand.

Der Gepäckträger hatte mein Gepäck und die Krokodilledertasche des Hundes ins Gepäcknetz getan, nun stellte er obendrauf den Hundekorb. Den Pelzmantel legte mein Pate, sorgfältig gefaltet, neben die Koffer.

Es war Zeit zum Abschied: er nahm mich in die Arme, und ich hielt mich fest an ihm.

Zunächst war die Reise angenehm. Es war nur ein Reisender im Coupé, ein Herr, der das ›Wiener Journal‹ und die ›Neue Freie Presse‹ bei sich hatte und dafür für längere Zeit mit Lektüre versorgt war.

Ich hatte einen Band Mark Twain mitgenommen, um mich aufzuheitern. Ich las nur wenig, sah manchmal zum Fenster hinaus, dann wieder schaute ich auf das Bündel, das neben mir lag – es rührte sich nichts unter den Decken, der erschöpfte Hund schlief, ohne sich zu regen.

Nach der Station Linz legte der Herr seine Zeitungen beiseite, klappte den Klapptisch am Coupéfenster auf, zog aus seiner Aktentasche einen Papiersack hervor, nahm eine Papierserviette heraus, legte sie auf das Tischchen und tat zwei Schinkensemmeln darauf und zwei Scheiben Butterbrot, zwischen denen ein Wiener Schnitzel lag. Ich verspürte plötzlich einen rasenden Hunger, ich hatte seit Tagen fast nichts gegessen, und nun fiel mir auch noch ein, daß ich meinen ganzen Reiseproviant vergessen hatte.

In jenen Jahren war es noch nicht üblich für eine Dame, einen Herrn anzusprechen oder ihn gar um eine Schinkensemmel zu bitten. So holte ich die Thermosflasche aus der Krokodilledertasche und schenkte mir lauwarmes Honigwasser in meinen Becher ein.

Der Herr zog eine Flasche Rotwein aus der Aktentasche, entkorkte sie und fragte: »Darf ich der Gnädigen Frau ein Schluckerl anbieten?«

Ich nickte und hielt ihm meinen geleerten Becher hin.

Es war ein starker Wein, ich fühlte, wie warm mir wurde und wie kalt mir gewesen war.

Als der Herr mir zum zweiten Mal den Becher füllte, kam der Kondukteur, knipste die Fahrkarten. »Bis Salzburg«, sagte er. »Aber sie geht nicht, die Heizung, gleich hinter Linz ist sie kaputtgegangen, der Waggon wird aber erst in Salzburg abgehängt. Den Herrschaften steht es frei, den Waggon zu wechseln.«

Ich blickte auf das Bündel und wußte, daß ich den Hund nicht von seinem Platz wegheben konnte.

Ich schüttelte den Kopf und sagte: »Ich bleibe.«

Der Mitreisende blieb auch.

Ich preßte die Lippen fest aufeinander, um nicht mit den Zähnen zu klappern.

Der Herr sagte: »Darf ich Ihnen den Pelzmantel herunterholen?«

Ich nickte und dankte.

Während er den Mantel herunterholte, hatte der Hund seine Decke abgestreift, setzte sich auf und knurrte.

Der Herr half mir in den Mantel, deutete auf den Hund und sagte: »Das Hunderl ist hungrig, das sieht man ihm an, darf ich ihm was von meiner Schinkensemmel anbieten?«

»Bitte nicht«, sagte ich, »er beißt.« Ich setzte mich nieder, hakte den Pelz zu.

In diesem Augenblick stand der Hund auf und kroch auf seinen krummen Beinen langsam an den Pelz heran, sprang mit einem Satz auf meinen Schoß, grub sich in den Pelz ein und stieß jaulende, heulende Töne aus.

»Der Hund ist ja ganz verrückt nach Ihnen«, sagte der Herr. »Der muß aber sehr an Ihnen hängen.«

»Rasch, bitte rasch«, sagte ich, »bitte geben Sie mir ein Stück Schinken!«

Der Herr nahm eine der Schinkensemmeln auseinander und reichte mir den ganzen Belag.

Ich zerriß die Scheiben in kleine Stücke, legte sie auf einer Papierserviette auf meine Hand und hielt dem Hund die Hand hin. Er zog die Stücke von meiner Hand auf den Pelz und fraß wie ein Wolf. Ich nahm meinen Becher und füllte ihn mit Honigwasser, er trank zwei Becher leer. Ich griff in die Tasche des Pelzmantels meiner Tante und spürte eine Schokoladentafel. Ich zog sie heraus, der Hund stieß hohe, bettelnde Töne aus, ich zerbrach die Tafel in viele kleine Stücke, er fraß sie alle auf.

Dann stellte er sich auf die Hinterbeine, legte die Pfoten auf meine Schultern, beschnupperte und leckte den Pelz, ohne die Haut meines Halses zu berühren, und winselte fröhlich. Dann knickte er zusammen, lag auf meinem Schoß, wühlte und scharrte sich in den Pelz ein, seufzte zufrieden und schlief ein.

Ich zog die Decke über ihn.

V

Als ich zu Hause ankam, bewunderten meine Familie und die Köchin und das Stubenmädchen meinen Erb-Pelz und erschraken über den Hund, den ich auf dem Arm trug.

Zuck sah ihn prüfend an und sagte bloß: »Kreuzung zwischen Fledermaus, Wüstenfuchs und Warzenschwein.« Die Kinder liefen auf den Hund zu, und bevor ich es verhindern konnte, streichelten sie ihn. Er sträubte die Haare und biß die Kinder.

Ich rief: »Bitte sofort Jod und Verbandstoff.«

Ich stellte den Hund auf den Boden, schlang seine Leine um ein Tischbein, damit er nicht an die Beine der Kinder herankonnte, und behandelte ihre Finger.

Dann trug ich den Hund hinauf in mein Schlafzimmer und legte ihn in einen Fauteuil, den ich neben mein Bett schob. Auf den Fauteuil hatte ich seine drei Decken übereinander geschichtet, zwei seiner kleinen Pölster darauf getan, und nun deckte ich ihn mit der Pelzseite des Mantels zu.

Schon auf der Bahnfahrt nach Salzburg hatte ich in der andern Tasche des Pelzmantels eine kleine Parfumflasche mit Chanel Nr. 5 gefunden. Nun spritzte ich ein paar Tropfen auf die oberste Decke und erkannte sehr bald an seinem Schnarchen, daß er in seinen Träumen wieder in das Reich der Tante eingegangen war.

Ich fütterte den Hund in meinem Schlafzimmer, aber schon nach einigen Tagen ließ er sich die Futterschüssel von unsrer Ederin hinstellen. Sie war die Hüterin und Bewahrerin unsres Hauses, des Gartens, der Wiesen und der Bäume, Beschützerin unsrer Hunde und die Frau des Totengräbers.

Als sie zum ersten Mal vor dem Hund stand, schaute sie ihn lange an, dann sagte sie: »A guats gelbes Fell hat er und scheene woasse Augen. Der woass mehr, wia alle andern Hund!«

Sie hob ihn von seiner Liegestatt, stellte ihn vor seinen gefüllten Futternapf, er ließ es geschehen, er fraß das Futter.

Die Ederin fütterte täglich unsre Hunde, sie kochte in einem großen Topf Kutteln, Kuhfleisch, Lunge und andre Eingeweide, Gemenge, die im Kochvorgang unangenehme Gerüche verbreiteten. Sie setzte den großen

Topf schon morgens auf dem großen Küchenherd zu, dem Revier der Köchin, die scheel nach der Ederin schaute und unsre Hunde nicht sonderlich schätzte.

Mucki pflegte nicht vor ein Uhr Mittag zu speisen, daher begann die Ederin für ihn die Kalbsleber, das Kalbfleisch oder das Kalbsbries um 12 Uhr in einem kleinen Topf zu kochen. Das war nun die Hoch-Zeit des Kochens unsrer Köchin, die eine wahre Meisterin und von der Kochkunst besessen war. Wenn ihr einmal etwas mißlang, so schrie und weinte sie, als ob sie den plötzlichen Tod ihres Geliebten erfahren hätte. Ich eilte dann in die Küche, hielt ihren Kopf mit beiden Händen fest, damit sie ihn nicht gegen die Steinwand der Küche schlagen konnte, und murmelte Unverständliches, das eine heilende Wirkung auf sie ausübte, ihr Schluchzen stillte und ihre Tränen über meine Bauernbluse in mein Trachtenmieder fließen ließ.

Wenn Zuck diese Ausbrüche mit Mißfallen hinnahm, explizierte ich: »Diese Verzweiflung hängt mit der Gütemarke einer begeisterten Köchin zusammen.«

Später, als ich selbst Köchin wurde, weinte ich zwar nie, aber auch mich überkam eine so maßlose Verzweiflung, daß ich imstande war, noch nach Jahren über ein mir widerfahrenes Koch-Mißgeschick zu reden.

Diese wunderbare Köchin beobachtete nun eine Woche lang den Inhalt des kleinen Topfes auf ihrem Herd. Endlich sagte sie kopfschüttelnd zur Ederin: »So was Delikates tut man nicht kochen, das brat man an und dünstet's hernach.«

Am nächsten Tag hatte die Köchin, bevor die Ederin in die Küche kam, die rohe Kalbsleber in Butter gebraten, mit Petersilie bestreut, mit Rindsuppe aufgegossen und zuletzt körnig gekochten Reis und Zuckererbsen dazu getan. Als die Ederin kam, deutete die Köchin auf den Topf und sagte: »Is scho alles parat und fertig für das schiache Viech.«

Die Ederin nahm schweigend das Hundeessen, kam nach zehn Minuten wieder zurück mit der leeren Hundeschüssel und sagte mürrisch: »Er mag no was.«

»Da siehst es«, sagte die Köchin.

Die Ederin berichtete mir von dem Übergriff der Köchin, da ich aber sicher war, daß der Hund von klein auf falsch, nämlich mit Menschenkost, aufgezogen worden war, machte ich keinen Einwand, und so kochte die Köchin für Mucki exquisites Essen, und die Ederin servierte es ihm.

Mucki lebte in meinem Schlafzimmer und verließ es nur, um in den Garten zu gehen und dort seine Geschäfte in dem Beet der Lilien und der Kaiserkronen oder auf dem Alpinum zu verrichten. Bald fand er sich ohne Aufsicht gut zurecht im Freien und wußte Distanz zu bewahren zu dem rauschenden Mühlbach, der an unserm Haus vorbeifloß. Stieß er bei seinen Spaziergängen auf einen unsrer schönen Spaniels, fiel er sie an und verscheuchte sie. Den Bernhardiner hatte er gleich in den ersten Tagen in die Flucht geschlagen. Nur einmal schnappte die Spanielhündin nach ihm, da begann Mucki so entsetzlich zu schreien, daß sie flüchtete und nicht mehr in seine Nähe kam.

Wir waren auf sein maßloses Geschrei in den Garten gelaufen, umringten ihn, ich hob ihn auf, Zuck untersuchte ihn, er war völlig unverletzt.

»Jo, warum is unsre brave Flickei auf das kloane Hundei losgangen?« fragte die Ederin bestürzt.

»Ihr vergeßt immer, daß der Mucki eine Hündin ist«, sagte Zuck, »aber man kann bei ihm nicht von einer ›sie‹

sprechen, das wäre eine Beschimpfung für das weibliche Geschlecht.«

Vor Weihnachten mußte ich nach Salzburg fahren, um noch Einkäufe zu machen. Salzburg war nur 20 Autominuten von unsrem Ort entfernt, und ich hatte die Absicht, trotz vieler Besorgungen in zwei bis drei Stunden wieder zurück zu sein. Den Hund konnte ich weder mitnehmen in die Geschäfte, noch ihn allein im Auto lassen. Ich übergab ihn also getrost in die Obhut der Ederin, die mir auftrug, recht viel »Schaanel« mitzubringen, denn es war kaum mehr Chanel in dem Fläschchen der Tante. Ja, es waren leider zu wenig Tropfen übriggeblieben, nicht genug für Mucki, um die Aura der Tante herbeizuzaubern.

Als ich nach drei Stunden ins Haus zurückkam, schluchzte die Ederin vor Mitleid, schrien die Kinder vor Angst, Köchin und Stubenmädchen hatten sich versteckt, und Zuck fluchte: »Zum Donnerwetter noch einmal, du verläßt nicht mehr das Haus, ohne das Tier mitzunehmen! Keine Zeile konnte ich schreiben, der hat geheult wie ein Wolf im Winter, wie ein Schakal in der Nacht, wie ein Coyote im Wilden Westen!«

Der Hund sprang vom Fauteuil, lief winselnd und jaulend auf mich zu, ich hob ihn hoch, er legte seinen Kopf an meinen Hals und kaute an meinen Haaren, während die Ederin die mitgebrachte Chanelflasche öffnete und viel zuviele Tropfen auf Muckis Decken spritzte.

Das Weihnachtsfest war wie immer. Die Bauernkinder und unsre Kinder spielten und sangen das Weihnachtsspiel, es war wohlgelungen, denn die meisten sangen und sprachen musikalisch. Am Ende wurden die Kerzen des mächtigen Christbaums angezündet, dann kam die Bescherung der Bauernkinder. Die gingen, ihre Gaben an sich gedrückt, in den Vorraum und zogen sich ihre Stiefel an, die in langen Reihen dort standen.

Als sie fortgetrappt waren, begann die Bescherung für unsre Kinder, für die Ederin und den Eder, für die Köchin und das Stubenmädchen. Dann kamen die Hunde dran: für die drei Spaniels je eine Wurst, für den Bernhardiner drei, für Mucki Schokolade.

Zuletzt gingen die Kinder zu dem Tisch und hoben feierlich das Tuch auf, unter dem die Geschenke für uns verborgen lagen.

Silvester 1937.

Zwei Gäste kamen aus Salzburg, der Autor Hans Müller und sein Freund Doktor Schwarz, sie waren in der Schweiz angesiedelt, arbeiteten zur Zeit an einem Film in Salzburg und wollten Silvester bei uns verbringen.

Unsre Köchin hatte ein herrliches Abendmahl zubereitet, und wir tranken dazu die auserlesensten Weine.

Anfangs waren wir alle fröhlich, scherzten und lachten, nur Herr Schwarz, ein hübscher, noch junger Mann mit dunklen Augen, verzehrte schweigend sein Essen, und wenn er sein Weinglas hob und mit uns anstieß, legte er die Hand um den Kelch des Glases, daß es keinen Klang geben konnte.

Wir sahen ihn erstaunt an, aber sein Freund sagte: »Laßt euch nicht stören, er meditiert, er hat seinen magischen Kreis gezogen ...«

»Was hat er?« fragte ich.

»Bitte nicht fragen«, sagte Hans.

Wir versuchten, heiter zu sein, aber dann sah ich die Köchin an, mußte aufstehen und sie beiseite nehmen.

»Sie können den Herrn nicht so anstarren«, flüsterte ich ihr zu.

»Der ist nicht bei sich, der merkt nix«, sagte sie, »der sieht was!«

Ich setzte mich wieder auf meinen Platz.

Eine halbe Stunde vor Mitternacht nahm unser Gast sein leeres Glas in die Hand, als wolle er mit uns anstoßen, dann aber schloß er die Augen, warf den Kopf zurück und sprach mit leiser Stimme vor sich hin: »Dies ist das letzte Fest – die letzte Feier – die Totenfeier.«

Wir stellten unsre halbvollen Gläser auf den Tisch, er senkte sein leeres Glas und legte es behutsam auf das Tischtuch.

Die Köchin stand neben mir, neigte sich zu meinem Ohr: »Jetzt redt er – ich hab Angst vor ihm.« Ich nahm ihre Hand und zog sie neben mich auf die Ofenbank.

Nun öffnete er die Augen, neigte sich vor, sah in die Runde, hob seine Hände beschwörend hoch. »Hört mich an, ich bitte euch«, rief er, »hört auf den Propheten Jesajas, hört, was er uns verkündet: ›Da gab es Lust und Freude, Rindertöten und Schafeschlachten, Fleischessen und Weintrinken, Essen und Trinken, denn morgen sind wir tot! Denn entweiht ist die Erde, soweit sie Bewohner trägt, denn sie übergehen das Gesetz und ändern die Gebote und brechen die ewige Ordnung. Darum wird der Fluch das Land fressen, und seine Einwohner werden die Schuld tragen. Darum werden die Bewohner vom Wahnsinn erfaßt und nur wenige der Menschen übrigbleiben.

Der Most verschwindet, der Weinstock verschmachtet und alle, die von Herzen fröhlich waren, seufzen.

Still wird der lustige Paukenschlag, das Jauchzen der Fröhlichen ist aus, und die Freude der Harfen hat ein Ende.

Wehe mir! Denn die Verächter verachten, ja, die Verächter verachten. Darum kommt über euch Einwohner des Landes Schrecken, Grube und Strick. Das Land wird taumeln wie ein Trunkener. Und der Mond wird sich schämen, und die Sonne mit Schanden bestehen...‹«

Es war Mitternacht.

Die Böllerschüsse der Schützen dröhnten vorm Haus, unsre Hunde jaulten jagdmäßig, Mucki sprang auf meinen Schoß.

Bald kamen die Schützen ins Haus, ein Bierfaß war aufgestellt in der Küche, der Eder schenkte Bier aus, auf großen Schüsseln stand Brot, Speck, Wurst und Käse.

Die Blasmusik spielte. Wir tanzten mit den Schützen in der Bauernstube, die Ederin, die Köchin, das Stubenmädchen tanzten, die Kinder kamen hellwach in ihren Schlafröcken aus ihrem Zimmer und tanzten.

Herr Schwarz schlug die Hände über dem Kopf zusammen und klatschte mit seinen beiden Händen zum Takt der Musik. Wir tanzten ins Neue Jahr wie eh und je und in alle Ewigkeit.

Wir berauschten uns, und als wir um drei Uhr morgens schlafen gingen, faltete ich Muckis drei Decken zusammen, breitete sie über den Bettspalt aus und legte den Mucki zwischen unsre beiden Betten.

Da lag er nun zum ersten Mal im Bett, so wie er es immer gewöhnt gewesen war, und er schnarchte ungeheuer.

VI

Siebzig Tage an Leben waren noch vor uns: vom 1. Januar bis zum 11. März.

Wir wünschten, wir hofften – aber wir wußten, daß es geschehen würde. Alles ging zunächst seinen gewohnten Gang. Die ältere Tochter fuhr zurück in ihr Internat nach England, ich reiste mit der jüngeren nach Wien zum Schulanfang.

Zuck blieb in Henndorf, um sein Stück ›Bellman‹ zu vollenden. Er kam im Februar nach Wien, er las sein Stück vor, die Freunde waren versammelt. Wir waren glücklich und liebten das Leben wie Kranke, denen der Tod angesagt worden ist.

Die Proben zu ›Bellman‹ hatten begonnen.

Am 11. März begann der Einmarsch der deutschen Truppen. Wir flohen am 15. März.

Wir hatten deutsche Auslandspässe, da wir zwölf Jahre lang im Ausland – Österreich – gelebt hatten. Nun war Österreich kein Ausland mehr, es wurde dem deutschen Reich ›einverleibt‹, ein Wort, das ich schon als Kind im Geschichtsunterricht verabscheut hatte. Manche Österreicher ließen sich gerne einverleiben, fressen und schlucken, und sie bekundeten ihre Freude.

Wir hatten, gemeinsam mit unsern Freunden, einen genauen Plan entworfen.

Um den Schein der Flucht zu vermeiden, würde Zuck allein mit der Bahn nach London reisen, er hatte einen Filmvertrag mit Korda, er war verpflichtet, diese Geschäftsreise zu unternehmen, so wie er das viele Male vorher getan hatte.

Ich sollte mit Winnetou nach Berlin fliegen, ein direkter Flug von Wien nach Zürich wäre verdächtig gewesen. In Berlin erwartete uns Heinz Hilpert mit unsern Flugkarten: Berlin – Zürich. Bei Suhrkamps würden wir wohnen. Nur für eine Nacht, nur um die Nachricht von Zuck abzuwarten, die Bestätigung, daß er in Zürich angekommen sei.

Winnetou war in meinem Paß eingetragen, unsre Papiere waren in Ordnung. Aber bei Mucki fehlte das Gesundheitszeugnis zur Ausreise. Wir hatten das in unsrer Aufregung vergessen, und nun mußte in der Nacht vor der Flucht ein Tierarzt gefunden werden. Zu dieser Zeit kannten wir keinen Tierarzt in Wien, da unsre Hunde während unsres Stadtaufenthaltes immer auf dem Land bei der Ederin blieben.

Am 14. März abends sagte ich zu unserm Stubenmädchen: »Mizzi, Sie müssen noch heute nacht einen Tierarzt finden, der dem Mucki ein Gesundheitszeugnis ausstellt. Mizzi, ich bitte Sie, hören Sie gut zu. Hier haben Sie alle Papiere: die Papiere meiner Tante, sie war in der Partei, da ist der Schein des Hundes mit seinem Geburtsdatum, ich bin die Besitzerin des Hundes« – ich gab ihr meinen Taufschein –, »ich bin« – ich hielt den Atem an und hörte die Bedienerin der Tante sagen »ihr Fleisch und Blut« – »Mizzi«, sagte ich entschlossen, »ich bin nicht jüdisch. Ich muß den Hund herauskriegen!«

Sie nahm also den Hund an die Leine und mochte ihn wohl von zehn Uhr abends bis Mitternacht hinter sich hergezogen haben, von Tierarzt zu Tierarzt. Die Köchin hatte ihr nämlich viele Tierärzte von Wien aus dem Telephonbuch aufgeschrieben, da aber sie und die Mizzi aus dem Oberösterreichischen vom Lande stammten, war ihnen die Kenntnis jüdischer Namen versagt. Zudem hatte sich Mizzi, meinen Text nicht ganz begreifend, den Satz zurechtgelegt: »Die Frau Tante war a

Nazi, der Hund is a Nazi, und meine Gnädige is aa ka Jüdin.«

Nun gab es im März noch viele jüdische Tierärzte in Wien, die später ausgerottet wurden, wenn es ihnen nicht gelang, zu fliehen. Bei ihnen versuchte es unsre Mizzi und war erstaunt, wenn sie nach Hersagung ihres Spruches und Vorweisung der Papiere erschreckt und entsetzt abgewiesen wurde, bis sie endlich an Doktor Nawratil kam, einen Österreicher tschechischer Abstammung, der rein arisch war. Doktor Nawratil habe gesagt: »So was Scheißliches hab' ich noch nie gesehen, aber gesund ist die wie ein Pferd.« So berichtete Mizzi und übergab mir das gestempelte Gesundheitszeugnis.

Am nächsten Morgen um sieben Uhr früh fuhr ein guter Freund mit Zuck zum Westbahnhof. Zuck hatte einen Koffer und eine Aktentasche bei sich.

Die Transporte der einziehenden deutschen Truppen waren abgeschlossen, das große Flüchten hatte noch nicht begonnen, der Bahnhof schien unverändert zu sein.

Unser Freund kam zurück, um uns abzuholen. Unser Flugzeug flog um 11 Uhr. Wir hatten zwei Koffer für uns und einen Sack mit Decken, Schüsseln, Schokolade und Chanel für Mucki.

Auf dem Flughafen waren wenige Zivilisten und einige höhere Offiziere. In der Ferne konnte man viele Flugzeuge sehen, die wie Vogelschwärme einfielen, wir hörten Kommandos, Rufe, wir sahen bloß die Uniformen. Wir warteten auf das Öffnen der Türe.

Wir hatten uns von unserm Freund verabschiedet und verboten uns das Weinen.

Mucki lief munter an der Leine zum Flugzeug, begoß noch viermal den Flugplatz, ich trug ihn die Stufen hinauf, die Stewardeß wies uns gute Plätze an, ganz vorne.

Die Flugzeuge schienen damals geräumiger zu sein, obwohl sie kleiner waren als heute, weil die Sitze nicht hintereinander, sondern einander gegenüber placiert waren wie in der Eisenbahn. Hunde, mittelgroße und kleine, mußte man nicht in Käfige packen, sie durften auf dem Boden oder auf dem Schoß ihrer Besitzer sitzen.

Bald nach uns stieg ein Riese ein, zwei Meter groß, mit blondem Haar. Er setzte sich uns gegenüber, zog ein Buch aus seiner Mappe und las, nachdem er uns durch kurzes Kopfnicken begrüßt hatte.

Knapp vor dem Abflug stieg eine Gruppe von laut lachenden, anscheinend angeheiterten Passagieren ein, denen die Stewardeß in der Mitte des Flugzeugs Plätze anwies. Sie mußten einige Reihen hinter unsern Plätzen sitzen, ich drehte mich nicht um, weil ich damit beschäftigt war, den knurrenden Mucki zu besänftigen.

Kaum waren wir abgeflogen, bat ich die Stewardeß um Wasser, ich wollte Winnetou und Mucki Tabletten geben, damit sie mir nicht luftkrank würden. Als die Stewardeß das Wasser gebracht hatte, deutete sie auf den Hund und fragte: »Welche Rasse?«

»Mexikanisch«, sagte ich rasch, um ihr Interesse von Rassenfragen abzulenken.

»Das habe ich mir gleich gedacht«, sagte sie freundlich, »daß dieser Hund von weit her, aus fremden Ländern kommt.«

Bald servierte sie uns und dem Herrn gegenüber Sandwiches, dem Hund eine Schüssel mit kleinen Fleischstücken und süßem Zwieback, er verschlang alles und dachte nicht daran, luftkrank zu werden. Winnetou konnte kaum etwas essen, sie war viel zu beschäftigt mit dem Hinauslugen aus dem gucklochartigen

Fenster. Sie flog zum ersten Mal in den Himmel, sie sah zum ersten Mal die unkenntlich verwandelte Erde unter sich. Wir flogen durch den blauen Himmel der weißen Wolkendecke entgegen, durchstießen sie und waren nun über ihr, in einer Landschaft von lockerem, hügeligem Schnee. Sie war noch ein kleines Mädchen, aber sie merkte wohl, wie unbeweglich ich da saß und vor mich hinstarrte. Sie war mit dem Himmel beschäftigt, der Herr gegenüber las, und die lachenden Passagiere schienen allesamt eingeschlafen zu sein und schnarchten im Chor.

Die Stewardeß ging leise den Gang entlang, sie trug eine große Kiste Champagner nach hinten. Als sie bei uns vorbeikam, konnte man das Klirren der Flaschen in ihren Behältern hören.

Mucki fing wieder an zu knurren. Die Stewardeß sagte: »Bitte um Ruhe, die Herren haben ihren Schlaf verdient.«

Sie ging weiter, ich stand auf, stellte Mucki auf meinen Sitz und hielt ihn fest. Ich drehte mich um: ich sah sie... Ein Dutzend SS-Offiziere in ihren schwarzen Uniformen, die Totenköpfe auf den Mützen. Bei einem der Schlafenden war die Mütze über seine Nase gerutscht, und der Totenkopf schwebte über seinem offenen Mund.

Ich nahm Mucki in die Arme, setzte mich, legte ihn auf meinen Schoß, streichelte ihn, bis er einschlief.

Ich schaute auf meine Uhr und begann zu rechnen: bald muß Zuck in Salzburg sein und vielleicht fünf Stunden später in Innsbruck – dann sind es nur mehr zwei Stunden und sechsunddreißig Minuten bis Feldkirch – wenn der Arlberg nicht verschneit ist – er kann im Frühling noch verschneit sein – aber von Feldkirch sind es nur mehr zwanzig Minuten – dann ist er in der Schweiz. Am Abend wird er von Zürich aus in Berlin anrufen. Aber da ist die Grenzkontrolle in Feldkirch – da kann es auch Mitternacht werden – also keine Angst bis Mitternacht – aber die Grenze – er muß über die Grenze – er kommt über die Grenze – die Grenze – die Grenze – und plötzlich begann ich mit dem Fuß den Takt zu schlagen und die gleichförmige Wortfolge ›über die Grenze‹ vor mich hinzusummen.

Alsbald schwand dann die Angst, und ich fing an, Lieder zu summen, als ob ich mich selbst in den Schlaf singen wollte. Als mir aber das Lied einfiel, das wir in allen Stationen unseres Lebens gesungen hatten, und als ich nicht mehr summte, sondern leise sang: »Weile an dieser Quelle, sieh, unser Frühstück ist zur Stelle, Rotwein und Pimpinelle...«, sprang der Riese auf, ließ das Buch auf den Boden fallen, rief: »Bellman«, und sang auf schwedisch das Lied mit.

Ich legte den Finger auf den Mund und sagte: »Leise, die schlafen noch.«

Wir sangen, ohne Fragen zu stellen, viele Bellmanlieder, das Kind wandte sich uns zu und sang die Lieder, die sie kannte, unverwandt mit. Der Mann war Schwede, und die Schweden lieben ihren Dichter und Sänger und Musiker Bellman. Er war von Stockholm nach Wien geflogen, um die Uraufführung des ›Bellman‹ zu sehen und darüber Bericht zu erstatten. Der ›Bellman‹ wurde abgesetzt und verboten, dafür konnte aber der Schwede den Einmarsch der deutschen Truppen sehen und darüber Bericht erstatten. Nun flog er über Berlin heim nach Stockholm.

Die Passagiere hinter uns waren aus ihrem Schlaf erwacht. Die Stewardeß eilte mit Gläsern zu den schwarzen Männern. Champagnerpfropfen knallten, Gläser klangen. Die Stimmen wurden so laut, daß man kein einziges Wort unterscheiden konnte.

Das Kind sprang auf, drehte sich um und sah über die Lehne ihres Sitzes hinweg in die Gesichter unter den Totenkopfmützen. »Was ist das?« schrie sie.

»Sei still«, sagte ich und zog sie auf den Sitz zurück. »Fürchte dich nicht, in einer halben Stunde sind wir in Berlin!«

Der Schwede hielt die vorübereilende Stewardeß fest und befahl ihr, eine Flasche Champagner mit zwei Gläsern zu bringen.

»Ich weiß nicht«, sagte sie zögernd.

»Sie werden es tun«, sagte er.

Sie schien sich vor dem großen, mächtigen Schweden zu fürchten. Sie kam zurück mit Flasche und Gläsern und sagte: »Ich kann aber nur *eine* Flasche abgeben für Zivilisten.«

Der Schwede entkorkte die Flasche, ich hielt die Gläser in der Hand, er schenkte ein, wir stießen an. »Auf ›Bellman‹«, sagte er.

Plötzlich wurde es still, und in die Stille sagte einer der Totenkopfmänner: »Das ist der erste Sieg, viele werden folgen!« Gläser klirrten, sie begannen, ihre Kampflieder zu singen, und als die Stewardeß zerbrochene Gläser ersetzen und neue bringen mußte, blieb sie auf dem Rückweg mit den frischen Gläsern einen Augenblick in unsrer Nähe stehen, ihr Gesicht erstrahlte in Inbrunst, als sähe sie eine Erscheinung, und sie fiel mit hoher Stimme in den Gesang der Männer ein: »Heute gehört uns Deutschland, morgen die ganze Welt!«

Der Schwede beugte sich vor, legte sein Glas an das

meine und sang das Bellmanlied: »Trink aus dein Glas! Der Tod steht auf der Schwelle, schleift schon sein Schwert, bald ist's mit dir vorbei! Nein – an die Tür nur pochte der Geselle, wartet wohl noch ein Stündlein oder zwei...«

Er sang laut in seiner Sprache, und niemand verstand ihn.

Als er zu der Zeile kam: »Lob, sing, vergiß, und bedenk, und beweine«, kam die Stewardeß zu uns mit einem halbvollen Glas in der Hand. Sie hatte Tränen in den Augen. Sie stieß mit uns an: »Auf den Sieg.«

Der Schwede hob sein Glas und sagte in seiner Sprache: »Auf den Tod!«

Sie lächelte.

Wir kamen pünktlich an in Berlin.

Heinz Hilpert holte uns vom Flugplatz ab. Was er über den Hund sagte, den er zum ersten Mal sah, kann ich schriftlich und mündlich nicht wiedergeben. Auch das, was er mit lauter Stimme an der Zollkontrolle über die Nazis verkündete, war klar, eindeutig und herzerquickend, aber ich dankte Gott, daß die Zöllner weghörten. Es gab viele Berliner, die weghörten und die die Gebote der Mächtigen nicht befolgten.

Heinz brachte uns in seinem Auto zu Peter und Mirl Suhrkamp, und als ich ihm die Abstammung des Mucki erklärte, verriß er das Steuer vor Lachen. Er trug unsre Koffer zum Lift, Suhrkamps wohnten im obersten Stockwerk. Er mußte zurück in sein Theater, er begrüßte Suhrkamps, er umarmte uns.

Ich sagte: »Am Abend ist er in Zürich, ruf um zehn Uhr an, da muß Nachricht da sein von ihm.«

»Keene Angst«, sagte er. »Carl überlebt uns alle.«

Bei Suhrkamps herrschte eine seltsame Stille, mir war, als sei ich in ein Totenhaus eingekehrt.

Beide waren von einem vollkommenen Pessimismus besessen, jeder auf seine Art. Er erkannte die kommende überdimensionale Zerstörung als unausweichliche Gegebenheit, sie sah der Zukunft voll Schmerz entgegen und hatte ihre Gericht-heischende Freude dran. Beide wußten, daß die Besetzung Österreichs das erste Glied in der Kette zum Untergang war.

Sie sahen die fremden Flugzeuge über sich, sie sahen die Flammen, sie sahen die Menschen fliehen. »Ja, ja«, sagte Peter mit ruhiger Gewißheit, »es wird alles zerstört.«

Um acht Uhr abends läutete das Telephon. Ein Telegramm wurde durchgegeben.

Peter sagte: »Manuskript wird mit Verspätung eintreffen.«

»Woher?« fragte ich.

»Aus Innsbruck.«

»Aber das ist doch nicht die Grenze?« sagte ich, »was ist denn da geschehen?«

»Sie werden ihn aus dem Zug geholt haben«, sagte Mirl.

»Nein, nein«, sagte Peter, »er ist nicht verhaftet, das Telegramm ist von Carl in Innsbruck aufgegeben worden, nur er kennt den Code. Er wird weiterreisen. Wir müssen warten.«

Es war eine lange Nacht.

Das Kind wußte, um was es ging, sie hatte nicht schlafen gehen wollen, nun schlief sie gegen Morgen in ihren Kleidern in einem Fauteuil ein, der Hund lag friedlich in seinen Decken.

Es war gleichsam tröstlich in jener Nacht, Heinz anzurufen, der grenzenlos überzeugt war von Carls Durchkommen, und Peter zuzuhören, der nicht zweifelte an Carls Überlebenskraft. Aber als er sagte: »Selbst im Konzentrationslager...«, weckte er eine ungeheure Abwehr in mir. »Nein«, sagte ich, »das K. Z. überlebt er nicht. Da werde ich Himmel und Hölle in Bewegung setzen...«

»Was ist die Hölle?« fragte Mirl.

»Aussprechen zu müssen, daß der Hund und ich arisch sind.«

»Wer ist der Hund?« fragte Peter.

Den Rest der Nacht erzählte ich ihnen die Geschichte des Hundes und meiner Erbschaft, es war keine komische Geschichte. Es war wie in ›Tausendundeine Nacht‹ – als ob ich um mein Leben erzählen müßte.

Peter hatte eisblaue Augen. Mirls Mund zog sich in einem melancholischen Bogen fast bis zum Kinn hinab. Beider Zuhören war von einer magischen Gewalt, die den Erzähler zur äußersten Darstellungskraft zwang.

Es kam keine Nachricht in dieser Nacht.

Um zwölf Uhr Mittag ging das Flugzeug.

Um 10 Uhr 20 kam sein Anruf. Er war in Zürich angekommen.

Wir hatten eine Zwischenlandung in Stuttgart: Paßkontrolle, Geldkontrolle, Gepäckkontrolle.

Ich hatte einen deutschen Paß und ein paar hundert Mark bei mir, die mir Peter und Heinz zugesteckt hatten, 1500 Reichsmark waren erlaubt. Das Gepäck wurde nicht kontrolliert. Wir wußten nicht, daß es der letzte Tag ohne Devisen- und Gepäckkontrolle war, am nächsten Tag wurden die neuen Bestimmungen in Kraft gesetzt, der Friede war zu Ende.

Auf der kurzen Strecke von Stuttgart nach Zürich wurde Mucki, dem das Fliegen unendlich zu behagen schien, von einer gewissen Neigung zu der Stewardeß erfaßt, die ihm bei jedem Vorbeigehen an unsern Plätzen Keks oder Kuchen anbot. Das sollte zu einem Verhängnis führen bei der Landung in Zürich.

Als nämlich das Flugzeug stillstand und das Kind und ich in höchster Aufregung aussteigen wollten, weigerte sich Mucki, das ihm so liebgewordene Flugzeug zu verlassen, er ließ sich nicht hochheben von mir, zerkratzte mir die Hände mit seinen Alterskrallen und schnappte nach dem Kind. Ich setzte ihn heftig auf den Boden und zerrte ihn mit aller Kraft an der Leine hinter mir her. Plötzlich hörte er auf zu zerren, und ich sah, daß die Stewardeß den Teppich bis zum Ausgang mit Schokoladebonbons belegt hatte.

Vor der Flugzeugtreppe ließ er sich hochnehmen und jaulte auf. »Sei still«, sagte ich zornig. »Du bist ein Flüchtling! Wir sind in der Schweiz!«

Wir waren die allerletzten Passagiere, die das Flugzeug verließen.

Wir konnten Zuck lange nicht finden.

Wir fanden ihn in einer Ecke des Warteraums auf der Bank sitzen, und es war, als ob ihn der Schüttelfrost gepackt hätte. Als wir vor ihm standen, sagte er: »Ich hatte aufgegeben. Alle waren ausgestiegen, nur ihr nicht.«

»Der Hund«, sagte ich.

Dann fielen wir uns erschöpft und weinend in die Arme.

VII

Als ich am nächsten Morgen in dem Zürcher Hotel aufwachte, wärmte mich ein maßloses Glücksgefühl: die Befreiung von der Todesangst, das unmittelbare Bewußtsein der Freiheit, das Da-sein in einem freien Land. Aber da war auch zugleich die Trauer um die Freunde, die die Grenze nicht überschreiten konnten, um die Gefangenen, die Geschundenen, die Geschlagenen, die Selbstmörder.

An jenem ersten Morgen betrachteten wir unser Gepäck: unsre ganze Habe bestand aus drei kleinen Handkoffern, einer Mappe und dem Sack für den Hund. Wir dachten nicht an Verlust, wir waren froh, davongekommen zu sein.

Wir hatten einen Unfallschock erlitten, der die Erinnerung zunächst ausschaltete, bald aber wurde der Verlust spürbar. Es erreichte uns die Nachricht: das Haus war beschlagnahmt worden, die Hunde sollten abgeführt werden, die Ederin kämpfte um sie, sie siegte, sie behielt die Hunde.

Es kam die Nachricht: unsre Wiener Wohnung war geplündert worden, jedes Stück daraus hatten Uniformierte auf bereitstehende Lastwagen verladen und weggeführt.

Zuletzt kam ein Brief meines Paten: »Die Wohnung deiner Tante ist versiegelt. Das von mir verwaltete Silber und den gesamten Schmuck habe ich ordnungsgemäß den zuständigen Behörden übergeben müssen.« Das Wort ›müssen‹ war von der Zensur durchgestrichen, aber noch lesbar.

Das hieß also, alles hatte der Teufel geholt: Haus, Wohnung, Erbschaft.

Aber ich hatte den Hund.

Ich war allein im Hotelzimmer und hielt den Brief in der Hand: Smaragd – Saphir – Rubin – Perlen – Brillanten – Silber –, alles war dahin, aber ich hatte den Hund.

Da kam eine betäubende Wut über mich, ich lief auf den schlafenden Hund zu und schrie: »Du Hund du, du Teufel, du Gespenst, du verfluchtes Erbstück, du Nazi, du Scheusal!«

Der Hund riß seine weißen Kugelaugen auf und starrte mich angstvoll an. Dann richtete er sich auf, festigte seine zwei Hinterbeine auf dem Teppich, hob die rechte Vorderpfote fast bis ans Ohr und versuchte zu salutieren. Das war wohl das einzige Kunststück, das ihm meine Tante beigebracht hatte. Bald rutschte seine Pfote vom Ohr auf die Schnauze, er fiel in sich zusammen und wimmerte wie ein krankes Kind.

Ich erschrak und kniete mich vor ihm nieder. »Du mußt keine Angst haben«, sagte ich und streichelte ihn. Und ich erschrak, als ich mich sagen hörte: »Du bist mein Hund, du bist mein Mucki.« Ich richtete ihn auf und stellte ihn auf seine vier Beine.

Er mußte alles verstanden haben, er zog mit einem tiefen Seufzer die Lider über die weißen Kugeln seiner Augen, und viel Wasser floß aus seinem Leibe auf den Teppich.

Das Hotel in Zürich war angenehm und billig, die Fenster des Zimmers gingen auf einen kleinen Garten.

Unsre Freunde aus England hatten uns Geld geschickt, wir konnten das Hotel bezahlen. Aber bald war es an der Zeit, eine Unterkunft zu suchen, ein Quartier auf lange Zeit.

Zuck hatte, wie alle Flüchtlinge, Arbeitsverbot in der

Schweiz, er durfte keinen Rappen verdienen, aber er hatte das Glück, den Vertrag mit Korda in London zu haben. Mit diesem Vertrag in der Tasche war er aus Österreich ausgereist, in die Schweiz eingereist, und nun mußte er nach London, um dort wieder zu arbeiten, wie er es seit 1936 getan hatte, und unsern Unterhalt verdienen. Es wurden damals in der Kordaproduktion manche gute Filme hergestellt, die Arbeit mußte keine Fron bedeuten. War er aber filmarbeitsfrei, wollte er Eigenes schreiben, und das konnte er, wie bisher, nur auf dem Lande tun.

Für uns bestand kein Zweifel, daß die Landschaft der Genfer See sein sollte.

Ich war im Krieg 1918 von Juni bis August in einer Gruppe ›Wiener Kinder aufs Land‹ in die Schweiz geschickt worden, zuerst nach Salvan ins Wallis, dann nach Montreux an den Genfer See. Ich war verzaubert gewesen und verzückt von den beiden so verschiedenen Landschaften, und ich hatte mir geschworen und es verkündet, daß ich nur einen Mann heiraten würde, der ein Haus im Wallis und eines am Genfer See besäße.

Zehn Jahre nach dem Katastrophenjahr 1918 hatten Zuck und ich eine Reise ins Wallis und an den Genfer See unternommen. Und wieder zehn Jahre später, im Katastrophenjahr 1938, ging ich auf die Suche nach einer Herberge am Genfer See.

Ein befreundeter Schweizer Schriftsteller hatte uns eine Liste von preiswerten Pensionen und Gasthöfen zusammengestellt von Villeneuve bis Vevey.

Als Zuck nach London gefahren war, fuhren wir am nächsten Tag in aller Frühe nach Villeneuve, der Hund, das Kind und ich. In Villeneuve, am Anfang des Genfer Sees, stiegen wir aus und begannen unsre Wanderung.

Winnetou hatte einen kleinen Rucksack auf dem Rükken mit Geschirr und Futter für den Hund, Schuhe, Regenmantel, Spielzeug, ich trug einen großen Rucksack mit allem Zeug, das man für eine oder zwei Übernachtungen braucht. Die Koffer hatten wir in Zürich zurückgelassen, sie sollten uns nachgeschickt werden, sobald wir eine Adresse hatten.

Den ersten Tag waren wir von Villeneuve bis Clarens gewandert, hatten viele Pensionen besichtigt und waren lange im Schloß Chillon geblieben. Der Billetverkäufer ließ mitleidig den blinden, alten Hund mit uns ins Schloß gehen, da fast keine Besucher da waren.

Winnetou glaubte inmitten einer wahrgewordenen Märchengeschichte zu sein, sie konnte sich von den mächtigen Räumen und eisernen Rittern kaum trennen und wollte hier, in der alten Burg, Quartier aufschlagen. Überdies begann Mucki, der langsam, aber unverdrossen hinter uns her nach Chillon gegangen war, umherzuspringen und im großen Kamin des Saales zu schnuppern, als wäre er hier zu Hause, und wir mußten ihn einfangen, um ihn über gefährlich steile Holz- und Steinstiegen zu tragen.

Tief unten, im Verlies der Gefangenen, wurden Kind und Hund stiller. Winnetou schien es ängstlich zumute zu sein. Mucki sträubte die Haare, und ich hob ihn auf, damit es ihm in seinem zornigen Gemüt nicht einfiel, an der Säule Bonivards und unter dem Namenszug Lord Byrons seine Wasser fließen zu lassen.

Der Weg von Chillon nach Clarens war noch lang, und bis Territet hatten wir noch vier Pensionen anzusehen. Von Territet bis Clarens aber vergaßen wir unsere Liste, denn nun begann die Wanderung dem See entlang, durch paradiesische Gärten in dem berauschenden Duft der blühenden Bäume, Sträucher und Blumen. Das Kind hatte nie zuvor solche Bäume, solche Sträucher, solche Blumen gesehen, der Hund riß sich los und wälzte sich in einem Blumenbeet. Wir blieben auf vielen Bänken sitzen, um den spiegelglatten, blauen See zu beschauen. Wir vernachlässigten unsre Pflicht und wollten uns keine Unterkunft mehr ansehen an diesem Tag. Wir übernachteten in einem aus Holz gebauten Hotel und aßen viel zu Abend.

Am nächsten Tag besichtigten wir wieder mehrere Plätze, ein kleines Hotel am See unter einer großen Weide gefiel uns, aber ich spürte, daß es noch nicht das Richtige war und daß die Entscheidung nahe bevorstand.

Winnetou und ich waren zu aufgeregt, um müde zu sein, der Hund aber trottete immer langsamer hinter uns her. An einer Tramhaltestelle nach Vevey stiegen wir in die Elektrische ein und fuhren bis zur Endstation.

Ich trug den Hund von der Endstation zum Bahnhäuschen der Drahtseilbahn, die nach Chardonne führte.

Auf meiner Liste stand als letzte Adresse: Hotel Bellevue, Chardonne sur Vevey.

Wir fuhren einige hundert Meter hinauf, zwischen Steinmauern, die von blühenden Steinpflanzen bedeckt waren.

Der Station schief gegenüber stand das Haus.

Wir gingen durch den Eingang in einen Raum von angenehmer Schönheit: gute, antike Möbel, Bücher in schweinsledernen Einbänden, dunkle Bilder, eine große, alte Standuhr.

Aus einer andern Tür kam die Besitzerin, jung und

schön und schwanger. Ich hob Mucki rasch auf und steckte seinen Kopf unter meinen Arm, damit sie von seinem Anblick nicht erschreckt werden könnte. Sie aber sah uns lächelnd an, als ob sie uns erwartet hätte, ging vor uns die steinerne Treppe hinauf und zeigte uns die Zimmer.

VIII

Wir drei wohnten zunächst in dem großen Zimmer, das für Zuck bestimmt war nach der Heimkehr von seinen verschiedenen Arbeitsstätten.

In der Ecke war ein großer steinerner Kamin. An der Wand stand ein mächtiger Schrank. Tisch, Stühle, Betten waren an die hundert Jahre alt, wohlgeformt und behaglich. Da war auch ein Waschtisch mit Marmorplatte, auf dem standen zwei porzellanene Waschschüsseln, in ihnen die Krüge, auf dem Boden ein Emaileimer, dessen Deckel ein Loch hatte, breit genug, um das schmutzige Wasser durchfließen zu lassen, ohne daß man es sehen konnte. Neben dem Waschtisch, in einer Ecke, stand ein Bidet, mit französischem Blumenmuster bemalt. Das heiße Wasser wurde morgens in Blechkannen vor die Türe des Zimmers gestellt.

Vor den Zimmern, die nach dem See lagen, gab es einen Terrassenvorbau, der Hausfront entlang, so daß jeder dieser Zimmerbewohner einen zweiten Raum sein eigen nannte. Unser zweiter Raum war bestückt mit einem Biedermeier-Schreibtisch mit vielen Laden und einem Geheimfach, einer Chaiselongue, einem Tisch und zwei Fauteuils. Die mit dem Zimmer gemeinsame Wand war aus Stein, die Seitenwände waren aus Holz, die vordere Wand bestand aus Glasfenstern.

Die Aussicht auf den See, die Gebirge, die Weinberge, gehörte zu den schönsten Naturbildern, die man auf der Welt sehen konnte.

Kaum eingerichtet und niedergelassen, fuhren wir mit der Drahtseilbahn von unserm Ort zur oberen Endstation, dem Mont-Pèlerin, dem ›Berg der Pilger‹.

Wir wanderten von dort aus zu den Narzissenfeldern.

Wir gingen eine ganze Strecke Weges durch den Wald, und als wir aus dem Wald kamen, sahen wir eine unendliche Fläche vor uns, über die ein weißer Schleier ausgebreitet war. Die Blumen standen in kompakter Dichte, Blüte an Blüte, ihr Weiß blendete unsre Augen, der Duft der Narzissen betäubte uns. Wir konnten uns nicht von der Stelle rühren, das Kind und ich, und Mucki benützte unsre Ergriffenheit, um weit hinein ins Feld zu laufen und sich dort so lange zu wälzen, bis der Narzissenschleier einen breiten Riß aufwies.

Ein vorübergehender Bauer hub gewaltig an zu schimpfen. Ich lief ins Feld, um Mucki einzufangen, derweilen stand der Bauer am Wiesenrand, hob die Fäuste drohend zum Himmel und fluchte. Das Kind lief schreiend in den Wald.

Als wir drei uns wiedergefunden hatten und erschöpft auf einer Bank im Walde saßen, fragte Winnetou: »Was hat der Mann geschrien?«

»›Man darf Narzissen pflücken, man darf sie nicht zertreten und zerstören‹, hat er gesagt.«

»Warum hat er mit den Fäusten gedroht?« fragte sie.

»›Verdammte Fremde‹, hat er gerufen.«

Wir schwiegen.

Mucki lag auf meinem Schoß und schlief, eingehüllt in Duftwolken von Narzissen.

Sie setzte zur dritten Frage an: »Warum wälzt sich

Mucki immer in Blumen, das hat er schon bei uns zu Hause getan, in unserm Garten.«

»Ich weiß es nicht«, sagte ich und suchte nach einer Erklärung. »Er ist kein Jagdhund, wie es unsre Hunde waren. Er kann keine Fährten suchen, er frißt keine Abfälle, er wälzt sich nicht in Aas. Er ist nicht hundemäßig.«

»Wo sind unsre Hunde?« fragte sie.

»Bei der Ederin in guter Hand«, antwortete ich.

Sie nahm meinen Stock und zog Kreise in den Waldboden.

Wir schwiegen wieder, und ich dachte nach über den Hund, zum ersten Mal, seit er mir gehörte. ›Nein, er ist nicht hundemäßig‹, dachte ich. ›Er ist von klein auf unmäßig geliebt und verwöhnt worden, in der Hoffnung, aus ihm einen menschlichen Lebensgefährten schaffen zu können. Er attackiert, wie es zornige Kinder tun, er beißt zu, wie es Menschen zu Zeiten auch gern tun würden, wenn es nicht verboten, ungehörig und menschenunwürdig wäre und obendrein im Ausführungsfall gerichtlich bestraft werden könnte. Auch sein Wasserlösen unterliegt bestimmten Gesetzen, und die Menge seines Wasserfließenlassens hängt von seiner Gemütsbewegung ab. Angst und Zorn entlocken ihm Ströme, große Freude erzeugt nur wenige Tropfen, Wohlbehagen, Sicherheit und Ruhe können ihn zur totalen Zimmerreinheit bringen.‹ Es war der schwierigste Hund in meinem Leben, aber hatte ich je zuvor einen Hund gehabt in meinem Leben?

Wir standen auf, wir gingen rasch den steilen Weg hinunter, damit wir nicht zu spät zum Mittagessen kämen.

Auf dem Weg hinunter fragte das Kind wieder:

»Warum kann ich hier niemanden verstehen, warum versteht mich niemand?«

»Wir sind in einem fremden Land«, sagte ich, »sie sprechen eine andere Sprache.«

»Wie kann ich die denn lernen?«

»Du wirst ihre Sprache lernen«, sagte ich, »du hast die Leute gern, mit denen wir jetzt leben, sie mögen dich, du wirst bald lernen, sie zu verstehen, und sie werden dich verstehen.«

Mit den Besitzern waren wir von Anfang an durch eine heitere Sympathie verbunden, die sich bald zu einer lebenslangen Freundschaft entwickeln sollte.

Wir liebten Pierre und Françoise Pelot, wir liebten ihr Haus, wir waren glücklich in unsrer Behausung, uns schmeckte das Essen, das sie kochten. Land und Leute hier hatten seit unzähligen Jahren keinen Krieg gekannt, sie waren mit dem Frieden vertraut, sie waren unbeschädigt, unverletzt und freuten sich am Leben. Wir wollten hier bleiben, wenn man uns bleiben ließ.

Zuck kam zurück von London.

Inzwischen war ein guter Freund von uns aus Zürich angekommen, er hatte sein Einwanderungs-Visum nach den Vereinigten Staaten in der Tasche, er mahnte und beschwor uns, weiter zu fliehen in die endgültige Sicherheit. Wir hatten keinen Mut dazu. Unser Freund, Franz Horch, stammte aus Wien, die Flucht nach Zürich war ihm gelungen, nun wollte er Abschied von uns nehmen vor der großen Reise übers Meer.

Wir erwarteten gemeinsam den Besuch eines andern Freundes, der sich, von Paris kommend, für längere Zeit in unserm Hotel einquartieren wollte. Ödön von Horváth gehörte zu unserm engsten Freundeskreis, er war uns vertraut wie ein Bruder.

Am Tag vor seiner vermuteten Ankunft bestand das Kind darauf, Blumen zu holen für sein Zimmer, sie liebte ihn über alle Maßen. Am Nachmittag ging Zuck mit Winnetou hinauf auf den Mont-Pèlerin zu den Narzissenfeldern. Franz wollte hinunter in die Stadt Vevey, Einkäufe machen.

Es war der erste Juni, ein schöner Tag, schönes Wetter, als sie fortgingen. Bald aber verdunkelte sich der Himmel, ein furchtbares Unwetter zog auf, Blitz und Donner in den Bergen und über uns, der See schlug hohe Wellen, die Bäume bogen sich, und ihre Äste schlugen gegen die Fenster. Die Dunkelheit wurde zur biblischen Finsternis.

Ich saß in meinem Zimmer, von großer Furcht befallen. Der Hund, das Wetter und meine Angst spürend, begann zu heulen.

Sie kamen spät heim, durchnäßt, mit nassen Blumen in den Händen, dem Unheil entronnen.

Furcht, Angst, Entrinnen, Davonkommen – das war jahrelang der Kreis, in dem wir uns bewegten.

Als wir abends bei Tisch saßen, wurde Zuck ans Telephon gerufen. Als er zurückkam, sah er aus wie einer, der einen gräßlichen Schock erlitten hat. Er setzte sich nieder, er konnte nicht sprechen. Wir saßen da und warteten auf das Unglück. Er schlug die Zähne in seine Lippen, und es dauerte minutenlang, bevor er den Mund öffnen konnte: »Ödön ist tot. Von einem Baum erschlagen. Mitten in Paris.«

Am nächsten Tag erfuhren wir von Ödöns Bruder: bei dem schweren Unwetter über Paris hatte ein großer Ast einer kranken Ulme ihm das Genick gebrochen.

Wir fuhren zu seinem Begräbnis.

Die Formalitäten der Ausreise nach Paris und der

Wiedereinreise in die Schweiz waren weniger schwierig, als wir uns vorgestellt hatten.

Aber es mußte das Kind untergebracht werden, so daß es ohne viel Ängste die Nächte überstehen konnte. Sie wurde in den wenigen Tagen und Nächten unsrer Abwesenheit in das Kinderzimmer der Pelots gelegt, in dem der kleine Sohn und eine Verwandte wohnten. Madame Pelot war im Spital, sie hatte einen Tag vor dem Unglück zu unsrer aller Freude ein Mädchen geboren.

Tagsüber würde Winnetou mit Franz Horch zusammen sein, den Mucki füttern, spazierengehen, Karten spielen und sich mit Franz wie gewohnt streiten.

Um Mucki brauchten wir uns keine Sorgen zu machen, es war nämlich etwas Merkwürdiges geschehen. Da war ein junger Gärtner im Haus, munter, fröhlich und von kindlichem Gemüt. Mucki hatte schon in den ersten Tagen unsres Aufenthaltes gewedelt, wenn er ihn in der Nähe wußte, er hatte zustimmende Töne ausgestoßen, und der Gärtner hatte in zwitschernden Tönen geantwortet. Wir konnten Mucki bald mit ihm allein im Garten lassen, Mucki folgte ihm auf Schritt und Tritt bei der Arbeit, und wenn Mucki in ein Blumenbeet laufen wollte, hob ihn der Gärtner rechtzeitig auf, nahm ihn in die Arme und sagte: »Ma petite belle«, oder er sagte gar: »Ma petite fleur«, ohne es im Spaß zu meinen. Einmal geschah es in der Freistunde des Gärtners am Nachmittag, daß Mucki fortlief, die steinerne Haustreppe hinauf bis zum dritten Stock, um ihn in seinem Zimmer zu besuchen.

Ich suchte Mucki voll Schrecken allüberall, kam dabei auch in den dritten Stock und hörte aus einem der Angestelltenzimmer die zwitschernde Konversation der beiden.

Der Gärtner machte sich erbötig, Mucki in den vier Nächten unsrer Abwesenheit zu sich zu nehmen.

Winnetou und Horch begleiteten uns zur Station. Bevor wir in den Zug einstiegen, sagte sie: »Da ist ein Brief von mir, und da sind die Blumen, bitte legt das dem Ödön auf die Hände!« Ihr Gesicht war klein und weiß.

Als wir zurückkamen, übergab uns der Gärtner den Mucki. Mucki stieß Töne der Wiedersehensfreude aus, und zugleich mischte sich noch ein Zwitschern in diese Töne, das aus seinem Gespräch mit dem Gärtner stammte.

»La petite«, sagte er und lachte, »elle va bien, mais une fois elle a pissé dans mon lit.«

»Das ist ja schrecklich«, rief ich entsetzt aus, »der Mucki hat in sein Bett gepißt. O non!«

»O oui, Madame«, sagte er mit ernster Miene, »elle avait du chagrin, parce-que vous étiez loin.«

Winnetou nickte zustimmend, sie fing an, die Leute zu verstehen.

Wir gaben dem Gärtner die Hand, drückten sie dankbar, den Geldschein, den Zuck ihm gab, nahm er zögernd an.

»Chagrin«, wiederholte ich, »Kummer hat er gehabt, weil wir weg waren. Jetzt wird er wieder trocken werden!«

IX

Am 27. Juli 1938 fuhren wir nach Zürich, das Kind, der Hund und ich, in aller Morgen Frühe, es waren nur knappe vier Stunden Fahrt.

Am selben Nachmittag sollten Zucks Eltern ankommen aus Mainz, um ihre goldene Hochzeit in Chardonne zu feiern.

Sie hatten durch Freunde und unwahrscheinliche Zufälle die Ausreise aus Deutschland, die Einreise in die Schweiz und drei Wochen Aufenthalt bekommen. Der Erholungsurlaub mußte noch von einem Arzt in Zürich bestätigt werden, aber da konnte es keine Schwierigkeiten mehr geben.

Zu Mittag angekommen, gingen wir mit einem kleinen Koffer und einer Handtasche durch die Bahnhofstraße zum Hotel. Es war nicht weit vom Bahnhof entfernt, wir hatten vor dreieinhalb Monaten dort gewohnt. Es war unsre erste Fluchtstation gewesen. Wir gaben das Gepäck beim Portier ab, er kannte uns. Wir sagten ihm, wir würden gegen sechs Uhr Nachmittag wiederkommen mit den Eltern und die bestellten zwei Zimmer beziehen.

Dann wanderten wir weiter zum See, fütterten die Schwäne, sie zischten Mucki an, und er bellte kreischend zurück. Es war kein heißer Tag, wir spazierten an dem See entlang und wieder zurück, wir setzten uns auf eine Bank. Es war ein klarer Tag, wir sahen die Mythen.

Auf dem Rückweg zum Bahnhof kehrten wir ein bei Sprüngli, tranken Schokolade, aßen Torten und Bäckereien und fühlten uns im Zentrum, ja im Herzen der Schokolade-Schweiz.

Der Zug, mit dem die Eltern ankommen würden, sollte um fünf Uhr dreißig einfahren, wir waren schon um fünf Uhr auf dem Bahnsteig. Das erste, was wir sahen, war die Ankündigung, daß der Zug aus Deutschland fünfzig Minuten Verspätung hatte.

»Da kommen die Großeltern erst um sechs Uhr zwanzig an«, errechnete Winnetou.

»Die Grenzkontrolle ist streng«, sagte ich.

Wir gingen zum Zeitungsstand, ich kaufte eine Zeitung, schon auf der ersten Seite standen beunruhigende Nachrichten. Winnetou trug das ›Heidi‹ von der Spyri mit sich, sie las das Buch zum ersten Mal, es bedeutete schlechthin, das heißt guthin, die Schweiz für sie.

Wir setzten uns auf eine Bank auf dem Perron, ich nahm den Hund auf den Schoß, der Hund schlief ein, Winnetou las. Ich wollte nicht Zeitung lesen, ich wollte die ständig drohende Gegenwart wegschieben, mich überkam die Lust, mich an die Vergangenheit zu erinnern.

Ich freute mich auf die Eltern.

Sie waren die einzigen Eltern, die ich je gehabt hatte.

Meine Mutter war schön, hinreißend, schwierig gewesen.

Sie war die einzige unglückliche Liebe in meinem Leben.

Die Eltern stellten Heim und Herd dar, sie waren klug und weise und ein Liebespaar bis zu ihrem späten Tod. Sie hatten zwei Söhne, die liebten sie und wurden von ihnen geliebt.

Vier Jahre vor unsrer Heirat war zwar eine eigenartige Trennung zwischen Zuck und seinen Eltern entstanden. Es hatte keine dramatischen Szenen gegeben, keine Verweigerung weiterer Geldgaben für seinen Unterhalt, aber er brauchte Loslösung und nahm kein Geld mehr von ihnen. Er schrieb ihnen manchmal, besuchte sie zuweilen.

Es hatte für ihn ein schweres leichtes Leben begonnen mit einem Ziel.

Die Mutter glaubte an ihn und seinen kommenden

Erfolg, der Vater wartete. Der Vater war fast blind, daher sah und hörte er mehr als die andern.

Zuck zu lieben war einfach, ihn zu heiraten war schwierig.

Da war zunächst Zucks Freundeskreis, fünf Männer verschiedenster Art: Carlo Mierendorff, Theo Haubach, Sepp Halperin, der Schweizer, alle Sozialdemokraten, Egon Wertheimer, der künftige österreichische Diplomat, Henry Goverts, der künftige Verleger.

Die Vorstellung, daß Zuck heiraten könnte, entsetzte die Freunde, rief eine Panik hervor, und sie beschlossen, Henry Goverts zu entsenden, den skurrilsten und feinsten unter ihnen. Der sollte mich beäugen und prüfen. Er besuchte mich in der kleinen Pension, in der ich wohnte. Er begrüßte mich freundlich, und es ging von ihm eine artige Kälte aus. Er unterhielt sich mit mir auf die gemäßigte Weise der Hamburger, stellte hauptsächlich Fragen über Literatur und Politik, zwei Fächer, die ich einigermaßen beherrschte.

Ich spürte, daß es um Punkte und Noten ging.

Nach einer Stunde sagte er: »Tja, das ist nicht schlecht. Geht in Ordnung, ich werde meinen Freunden berichten.«

Er verabschiedete sich mit zartem Händedruck, und ich wußte, daß ich die erste Runde bei den Freunden, von denen alles abhing, gewonnen hatte.

Ich mußte lachen, Winnetou sah auf von ihrem Buch und fragte: »Was hast du?«

»Ach«, sagte ich, »ich habe an allerhand Komisches gedacht.« Ich schaute auf die Uhr. »Wir haben noch dreißig Minuten Zeit.«

Ich legte die Hände auf den Mucki und fuhr fort, mich zu erinnern.

Den Eltern hatte Zuck nichts von der Heirat gesagt. Ich war geschieden, ich hatte ein zweijähriges Kind, ich hatte so wenig Geld wie Zuck, ich war eine Schwiegertochter, die man ihnen nicht zumuten konnte.

Meiner Mutter hatte ich sein Bild geschickt und ihr geschrieben, er sei derzeit noch arm, aber er wäre ein Kommender, damit gab sie sich zufrieden.

Am 22. Dezember war die Premiere des ›Fröhlichen Weinberg‹.

Zuck hatte mit seiner Mutter telephoniert – die Telephonrechnung mußte erst im Januar bezahlt werden. Er hatte schon Andeutungen gemacht, aber nun teilte er ihr schonend und hastig mein Dasein mit und das des Kindes und bat sie inständigst, zur Premiere zu kommen.

Sie hatte bisher zwei Premieren ihres Sohnes beigewohnt, beide waren mächtige Mißerfolge gewesen, bei der zweiten, einer Matinée, hatte sie einen tobenden Skandal erlebt.

Der Erfolg des ›Weinberg‹ war also total ungewiß, die neue Schwiegertochter bedeutete eine zusätzliche Belastung, aber die Mutter sagte rasch und mutig zu. Am 20. Dezember würde sie ankommen in Berlin.

Am 19. Dezember vormittags ging Zuck in den Verlag, um die Summe von hundert Mark für Weihnachten zu erlangen. Leider wäre das verunmöglicht durch die vielen Vorschüsse, sagten sie ihm.

»Fürs Taxi und Veilchen reicht es«, sagte er, »und abends gehen wir zu Hacker essen, bei dem habe ich ohnehin wieder Schulden, und zu Hause haben wir noch genug zu essen fürs Kind und Elfriede.«

Elfriede war unser Dienstmädchen aus Pommern, man konnte zu jener Zeit Dienstmädchen in jeder Menge haben. Elfriede war obendrein schwanger und verlangte wenig Lohn. Sie lebte, hegte und pflegte das Kind, als wär's ihr zukünftiges eigenes.

Wir wohnten in drei Zimmern einer prächtigen Wohnung mit enormen altmodischen Möbeln. Der Besitzer hatte sich in zwei Zimmer zurückgezogen, die mußten von Elfriede aufgeräumt werden. Ein tägliches üppiges Frühstück verlangte er auch, dafür war die Miete gering. Der Besitzer hatte lange in Afrika gelebt, daher hing über dem Kopfende der breiten Couch im Wohnzimmer, auf der ich schlief, ein großer Wandteppich, an dem zweiundachtzig Dolche, Messer und Pfeile befestigt waren. Die Küche war groß und geräumig und unpraktisch. Das Badezimmer war schmal und lang, die Badewanne aus Marmor, und über der grauen Kachelwand war ein Wandfries mit römischen Liebesszenen gemalt. Wenn man an der Toilettenrolle zog, erdröhnte »Heil dir im Siegerkranz...«

Es war uns von unserm Afrikaner beim Einzug nahegelegt worden, daß keinerlei Veränderungen in seiner Wohnung stattfinden dürften.

Ich konnte also das Musikwerk nicht aus der Rolle schrauben, die Liebesszenen nicht verhängen, und ich wagte nicht, die erschreckenden Waffen über meinem Bett zu entfernen. Ich konnte auch den Bauch unsrer Elfriede nicht verbergen, ich konnte nichts tun, ich konnte nur entsetzliche Angst haben vor dem Besuch meiner Schwiegermutter.

Zuck war früh mit dem Autobus zum Bahnhof Zoo gefahren. Vor einer Stunde brauchten wir ihn und seine Mutter nicht zu erwarten.

In dieser Stunde putzte Elfriede alle Türklinken, ich kletterte auf die vier Meter hohe Kredenz und staubte schwer erreichbare Regale ab mit all dem Kram, der darauf stand, von der gußeisernen Germania bis zum Giftpfeilbehälter.

Das Kind weinte, ich kletterte von dem hohen Gerüst herunter, nahm das Kind auf den Schoß und sang:

Komm, wir wollen wandern,
Von einer Stadt zur andern,
Rirarutsch, wir fahren in der Kutsch.

Ich strich über ihr Sonntagskleid, das ich ihr angezogen hatte, und sagte: »Heute kommt die Großmama!«

»Ich will Puppen anziehn«, sagte sie.

Ich stellte sie auf den Boden, sie lief in ihr Zimmer und rief: »Schöne Kleider anziehn.«

Eine halbe Stunde später kam Zuck mit seiner Mutter. Sie war klein, behend, und ihr Gesicht schien stets auf der Wende des Lachens zu sein. Ich nahm das Kind auf den Arm und wartete. Sie kam auf mich zu, legte die Arme um uns und sagte: »Da seid ihr!«

Ich brachte sie in Zucks Zimmer, sie packte ihren Koffer aus, legte, stellte, hängte die Dinge auf den rechten Platz.

Sie ging mit mir zurück in mein Zimmer, ich hatte in einer Ecke eine düstere Stehlampe angezündet, damit sie nicht gleich die Waffen sehen sollte.

Sie ging mit mir in Michis Zimmer und half beim Ausziehen. Ich trug Michi ins Badezimmer, die Mutter ging mit; sie betrachtete den Wandfries. Michi zog, als sie fertig war, an der Rolle, die Musik erdröhnte, die Mutter brach in Gelächter aus und sagte: »Das muß'n schön verrückter Hausherr sein!«

Ich wusch Michi, brachte sie ins Bett. Die Mutter sagte zu ihr: »Ich bin die Großmama, und ich hab dir Schokolädchen mitgebracht.« Und als Michi vierzehn

Jahre alt war und in einem Internat in England, schickte sie ihr noch jede Woche Schokolade.

Abends, wenn wir ausgingen, schlief Elfriede auf einem Sofa in Michis Zimmer. Man konnte sich auf sie verlassen, sie ließ uns fühlen, wie dankbar sie war, daß man ihren Zustand in freundlicher Gesinnung annahm und sie nicht ausnützte.

Der Abend bei Hacker verlief in vollkommener Aufregung. Zuck erzählte von den Proben mit berechtigter Begeisterung, verschwieg aber die Skepsis des Theaterdirektors und seine abfälligen Bemerkungen über das Stück.

Ich war in einem Zustand, wo man somnambul einen Haupttreffer vor sich sieht, ich erzählte von der herrlichen Stimmung der Schauspieler auf den Proben, verschwieg aber die Bemerkung des Direktors: »Wenn die Schauspieler auf den Proben lachen, dann lacht bei der Premiere keen Aas im Publikum.«

Es war an diesem Abend gar keine Möglichkeit, von uns selbst zu sprechen, und die Mutter war froh, daß man nur über das unmittelbar Bevorstehende redete und sie damit jeder Aussprache enthob.

Ich hatte eine Millionärsfreundin, die schenkte mir manchmal getragene Kleider und Schuhe, wir hatten die gleiche Schuhnummer. Diesmal mußte ich aber etwas Außergewöhnliches und Prächtiges haben. Sie lieh mir ein silbernes Kleid, silberne Schuhe und eine silberne Tasche.

Um fünf Uhr nachmittags begannen wir uns anzuziehen. Die Mutter hatte ein dunkellila Seidenkleid, schwarze Seidenschuhe, eine Samttasche mit goldenem Bügel mitgebracht.

Wir bewunderten uns gegenseitig, das Kind und

Elfriede bewunderten uns. An Zuck war leider nichts zu bewundern, er mußte seinen alten Anzug tragen, an manchen Stellen mit Tinte nachgefärbt. Zuck ging in die Küche und brachte in einem mit Eis gefüllten Suppentopf eine Flasche Champagner, die uns der Wohnungsbesitzer geschenkt hatte.

An dieser Stelle unterbrach Winnetou meine Erinnerungen und fragte mich, wie spät es sei.

»Noch fünfzehn Minuten«, sagte ich, »aber schau nach, ob der Zug aufgeholt hat.«

Ich wartete, bis sie wiedergekommen war. Sie sagte: »Noch dreißig Minuten Verspätung hat er, das sind achtzig Minuten, dann hat er eine Stunde und zwanzig Minuten Verspätung.«

»Das ist die Grenze«, sagte ich und versuchte, nicht daran zu denken.

Das Kind griff wieder nach dem Buch und las.

Ich zwang mich dazu, die Erinnerung wieder aufzunehmen in einer Weise, in der es mir von Kind auf gelungen war, bestimmte Träume konsequent, ohne Wirrnis, fortzusetzen und zu Ende zu träumen.

Am 22. Dezember 1925 saßen wir im Taxi, die Mutter, Zuck und ich. Zuck sagte: »Wenn das Stück dreitausend Mark einbringt, kauf ich dir, Däxchen« – so nannte er seine Mutter –, »ein Paar Pelzschuhe, dir« – er deutete auf mich – »ein eigenes Abendkleid und der Michi einen Wintermantel.«

Was dann im Theater geschah, war vollkommen verrückt.

Die Mutter und ich saßen in der dritten Reihe neben Alfred Kerr, dem gefürchtetsten Kritiker. Im ersten Akt ging es noch erträglich zu, aber im zweiten Akt fingen die Leute an, so rasend zu klatschen, daß die Schauspieler minutenlang nicht weitersprechen konnten. Das Publikum brach in ein so irreales, wahnsinniges Gelächter aus, daß wir beide uns aneinander klammerten und dem Weinen nahe waren. Es war, als ob eine Schulklasse, die jahrelang zum Ernst des Lebens und zu der Anerkennung der Tatsachen erzogen worden war, plötzlich eine Hürde übersprungen hätte, und sie dieser Sieg in maßloses Lachen ausbrechen ließ.

Nach dem zweiten Akt war die Mutter ganz bleich und sagte vor sich hin: »Das ist zuviel, das halte ich nicht aus, das ist zuviel!« Ich stützte sie hoch, es war die große Pause.

Wir gingen hinter die Bühne, die Schauspieler umarmten uns und riefen: »Jetzt kann nichts mehr passieren.«

Der siegreiche Direktor küßte uns die Hände und sagte: »Ich habe es immer gewußt, das Stück wird ein Riesenerfolg.«

Zuck wurde unentwegt geküßt, er stand etwas benommen da. Seine Mutter bahnte sich einen Weg durch die Küssenden, stellte sich auf die Zehenspitzen vor ihm auf, strich ihm die dichten Haare glatt mit ihrem Kamm.

Während des dritten Aktes waren die Mutter und ich schon gelöster, wir saßen, wie bei einer Quadrille, die Arme gekreuzt, ihre rechte Hand in meiner Rechten, meine Linke in ihrer Linken, wir krampften uns nicht mehr ineinander.

Wir überstanden auch das Klatschen am Ende, das kein Ende nehmen wollte.

Es war Mitternacht, als wir dann alle drei Mittelpunkt einer großen Gesellschaft wurden. Wir aßen teure Brötchen und tranken französischen Champagner und wurden beglückwünscht, als hätten wir zu dritt das Stück verfaßt. Plötzlich aber zog sie mich weg aus der Menge, lief mit mir ins stille Vorzimmer hinaus zum Telephon. Der Diener verband sie mit Mainz.

Sie telephonierte mit ihrem Mann. Sie jubelte, sie beschrieb ihm den Erfolg »Ei, ich bin ganz doll im Kopp«, sagte sie.

Dann war eine Pause, er mußte sie etwas gefragt haben. Sie sagte: »Mach dir keine Sorge, es ist in Ordnung.«

Wir feierten bis fünf Uhr früh und hörten noch in dieser Nacht von vielen Annahmen an deutschen Theatern, die alle vorher das Stück abgelehnt hatten. Als wir uns verabschiedeten von den noch vorhandenen Gästen, legte der Gastgeber Zuck zwei Flaschen Champagner in die Arme. Damit begann eine unaufhörliche Kette von Geschenken, die uns täglich zukamen. Ich wunderte mich über die Tatsache, daß man reich beschenkt wird, wenn man's nicht mehr nötig hat.

Zuck hatte noch sieben Mark achtzig bei sich, das Taxi kostete zwei Mark zehn, den Rest schenkte er dem Chauffeur als Trinkgeld. Zu Hause öffnete Zuck den Champagner und gab uns die gefüllten Gläser.

»Auf unser Wohl«, sagte die Mutter, und dann küßten wir drei uns unentwegt auf die Wangen und die Münder wie slawische Völkerstämme. »Ich weiß nicht«, sagte sie, »ich bin überhaupt nicht müde, aber essen sollte man was.«

Ich ging in die Küche, Elfriede schlurfte aus ihrem Zimmer, in kurzer Zeit war sie angezogen, hatte Wasser aufgesetzt, Bier vors Fenster gestellt, Würstel gekocht.

Michi war aufgewacht, ich umarmte sie, hüllte sie in einen Schal, ging mit ihr ins Wohnzimmer, setzte sie der Großmama auf den Schoß und deckte den Tisch.

Wir hatten ein Frühstück in ungewöhnlicher Reihenfolge: zuerst Würstel mit Senf, Schwarzbrot und Bier. Dann holte Elfriede Schrippen und brachte die Vorkritiken mit, die um sechs Uhr früh erschienen waren. Der Erfolg war wie ein verrückter Wunschtraum.

Wir tranken starken Kaffee, aßen Schrippen mit Rühreiern. Michi trank Kakao und aß Honigbrot, sie begann Lieder zu singen und lachte.

Um acht Uhr duschte Zuck in eiskaltem Wasser, zog sich um und sagte: »Jetzt macht der Laden auf. Ich muß Geld holen.«

Er lieh sich von seiner Mutter das Geld fürs Taxi hin und zurück und fuhr ins Ullsteinhaus.

Als er weg war, spielten wir noch eine Weile mit dem Kind, dann aber kam eine unmäßige Schlafsucht über uns. Die Mutter ging in Zucks Zimmer, dort stand außer dem Bett, das für sie bereitet war, noch ein Sofa.

»Kann ich bei dir schlafen?« fragte ich, »Elfriede muß aufräumen, hier stört uns niemand.«

Ich brachte Michi in ihr Zimmer, legte ihr die Puppe in den Arm und küßte sie. »Wir sind sehr müde, die Großmama und ich, wir wollen schlafen«, sagte ich.

»Ich bin nicht müde«, sagte sie, »ich geh einkaufen.«

Elfriede kam ins Zimmer. »Gehen Sie zuerst einkaufen mit Michi«, sagte ich. »Zwei Hühner, Reis, Salat, Obst und frische Rollmöpse.« Ich drückte ihr Geld in die Hand, das mir die Mutter zugesteckt hatte, und Elfriede erstaunte über die Höhe der Summe.

Ich holte mir Kissen und Decken und ging damit ins Zimmer zur Mutter. Wir zogen das seidene und das silberne Kleid aus, hängten sie sorgfältig an dem Schrank auf, krochen auf unsre Lagerstätten und fielen in den tiefsten Schlaf.

Zwei Stunden später weckte uns Zuck, er setzte sich an den Tisch, der in der Mitte des Zimmers stand. Vom Bett und Divan aus konnte man gut beobachten, was auf dem Tisch geschah.

Zuck holte aus seinen sämtlichen Innen- und Außentaschen Hundertmarkscheine heraus und legte sie in Zehnerreihen auf den Tisch.

Wir setzten uns auf, wir wurden blaß, wir gingen in unsern Nachthemden, mit nackten Füßen, zum Tisch.

Die Mutter sah die Geldscheine an und sagte: »Ich bin ganz wirr, ich kann's nicht zähle.«

»Zehntausend«, sagte Zuck, »als Anzahlung haben sie gesagt.«

Wir wurden vollkommen wach und sehr still.

Ich stand von der Bahnhofsbank auf. »Jetzt ist es an der Zeit«, sagte ich, »wir müssen den Mucki noch hinter den Prellbock zwischen die Schienen führen, dort, wo der Sand und Kies ist, damit er den Großeltern nichts vormacht, wenn sie ankommen.«

Als wir dort standen, fragte Winnetou, ob das Heidi wohl je wieder aus der großen, schrecklichen Stadt herauskommen würde.

»Ja«, sagte ich, »sie kommt wieder auf die Alm!«

Knapp vor Ankunft des Zuges stellten wir uns auf: Winnetou sollte vom Zugende her an den rückwärtigen Waggons entlanglaufen, um die Großeltern zu suchen, ich würde von der Lokomotive aus bis zur Mitte des Zuges gehen.

Als die letzten Passagiere ausgestiegen waren, wußten wir: sie sind nicht angekommen.

Wir gingen zu den Fahrplänen, die an der Mauer angeschlagen waren. Der nächste Zug kam in zwei Stunden fünfundzwanzig Minuten an.

»Komm«, sagte ich, »wir gehen ins Bahnhofsrestaurant.«

In den ersten Zeiten der Emigration verschlug einem mancher Schrecken den Hunger, bald aber folgte die Gewöhnung an die Kette von Angst und Entsetzen, ein fatalistischer Hunger setzte ein, ein Zu-sich-Nehmen vor der möglichen Katastrophe.

Die Bahnhofsrestaurants in den verschiedenen Ländern sind als Durchgangsstationen für hastiges Essen eingerichtet, in denen Reisende vor Abgang ihres Zuges oder zwischen zwei Zügen irgend etwas herunterschlingen können. In der Schweiz jedoch haben sich manche Bahnhofsgaststätten zu erstklassigen Lokalen entwickelt, in denen Einladungen, Zusammenkünfte, Veranstaltungen stattfinden, deren Gäste keine Reisenden sind.

Wir gingen in die Abteilung des Restaurants, in dem auf Rollwagen die Vorspeisen angefahren werden.

Winnetou suchte sich auf dem Rollwagen viele gute Dinge aus. Ich wählte das, was für Mucki in Frage kam: kalter Schinken, ungefüllte Eier, Sardinen, süße Melonenstücke. Als Hauptspeise bestellten wir Geschnetzeltes auf Zürcher Art, weil es unserm heimatlichen Kalbsgulasch am ähnlichsten war.

Winnetou fragte: »Warum sind die Großeltern nicht angekommen?«

»Die Grenze«, wiederholte ich. »Aber sie werden mit

dem nächsten Zug ankommen«, sagte ich in überzeugtem Gottvertrauen.

»Heute ist der 27. Juli, wir haben noch drei Tage bis zur Goldenen Hochzeit«, sagte sie, »wird die Musik kommen?«

»Sie haben in Chardonne die Musikkapelle der Feuerwehr, aber ob die pompiers kommen, das weiß ich nicht.«

Sie sagte: »In Henndorf, da wäre für die Großeltern eine große Hochzeit gewesen, drei Tage lang!«

Wir schwiegen.

Wir gingen zurück auf den Bahnsteig. Wir gingen auf und ab auf dem Bahnsteig, der Zug hatte noch eine halbe Stunde Verspätung zugelegt. Es war 21 Uhr 45, als der Zug einfuhr.

Die Eltern kamen an. Sie sahen grau und fahl aus, wir mußten ihnen beim Aussteigen helfen. Die Hände des Vaters zitterten, die Mutter hatte Tränen in den Augen.

»Sie haben uns an der Grenze herausgeholt aus dem Waggon mit vielen andern. Zwei Stunden haben wir stehen und warten müssen, aber unsre Papiere waren in Ordnung.«

Einer der vielen Träger lud das Gepäck auf und ging vor uns her zum Hotel. Als wir die Bahnhofstraße hinunter zum Hotel gingen, rief die Mutter aus: »Wer hätt' denn das gedacht, daß wir heut' abend noch auf der schönen Bahnhofstraße gehen werden.« »Und nichts ist verändert«, setzte sie hinzu.

»Wart ihr oft in der Schweiz?« fragte Winnetou.

»Sehr oft«, sagte der Großvater, »und dein Vater war schon als Bub mit sechs Jahren mit uns in der Schweiz.«

»Ich bin zum ersten Mal hier«, sagte Winnetou.

Sie hatten den Hund, der sich bemerkenswert still

verhielt, weder gehört noch gesehen, erst im Hotelzimmer sah ihn die Mutter, deutete auf ihn und sagte: »Das ist wohl der Erbhund?« Sie begann zu lachen: »So was Häßliches hab' ich mein Lebtag nicht gesehen!«

Ihr Lachen war der Auftakt zum großen befreienden Lachen für uns alle. Wir fragten nicht, sie erzählten an diesem Abend nicht aus der Welt, in der sie leben mußten, aus der sie kamen. Wir erzählten uns Geschichten aus der guten alten Zeit, die vor viereinhalb Monaten zu Ende gegangen war.

Wir umarmten uns immer wieder, wir aßen von den belegten Broten, die schon etwas ausgetrocknet waren, wir tranken Wein dazu, der warm geworden war. Die Weißt-du-noch-Geschichten nahmen kein Ende, wir lachten, daß uns die Tränen über die Wangen liefen. Sie wurden nicht müde, wir lachten bis um die Mitternacht.

Ganz am Schluß merkte ich, daß Däxchens, der Mutter, Schuhspitze Muckis Schnauze ganz nahe war, er konnte jeden Augenblick zubeißen. Ich riß Mucki hoch, hielt ihn fest in den Armen, sie konnte ihn zum ersten Mal aus der Nähe sehen.

Sie sah ihn an.

»Der schaut mich an«, sagte sie und erschrak, »aber der hat ja gar keine Augen!«

Am nächsten Tag mußte ich mit dem Vater zum Augenarzt. Er trug das Schreiben seines deutschen Augenarztes bei sich, der den Schweizer Kollegen um Unterstützung ersuchte zwecks Verlängerung der Aufenthaltsbewilligung von einer Woche auf drei Wochen. Sein Patient benötige einen Erholungsurlaub. Von dem Attest und der Empfehlung des Schweizer Arztes hing es ab, ob die Fremdenpolizei die zwei Wochen Verlängerung bewilligen würde.

Wir waren angemeldet, der deutsche Arzt hatte dem Schweizer Arzt Befunde und einen Bericht geschickt. Nach langem Warten führte ich den Vater in das Ordinationszimmer des Arztes.

Der saß an seinem Schreibtisch, hatte Papiere und einen Brief vor sich liegen. Er grüßte, stand auf und sagte: »Ich habe Sie zu untersuchen.«

Ich führte den Vater zum Untersuchungsstuhl.

Die Untersuchung war kurz, der Arzt zuckte die Achseln: »Retinitis Pigmentosa, Netzhautablösung, Nachtblindheit, nach sieben Operationen fast völlig erblindet. Sie wissen, Besserung ist ausgeschlossen.«

»Ja«, sagte der Vater.

»Allgemeines Befinden gut«, sagte der Arzt, setzte sich an seinen Schreibtisch und blätterte in den Papieren.

»Mein Schwiegervater braucht Erholung.«

Der Arzt sagte: »Die kann er in Deutschland auch haben, dazu muß er nicht in die Schweiz einreisen.«

»Meine Schwiegereltern werden wieder ausreisen, Sie finden die Bestätigung in den Papieren.«

»Ich ersehe aus den Papieren, daß Ihre Schwiegereltern Sie besuchen werden und drei Wochen bleiben wollen, anstatt einer Woche. Ich ersehe, daß Sie selbst und Ihr Mann Flüchtlinge sind.«

Er setzte seine Brille ab, putzte sie, setzte sie wieder auf, sah mich an und fragte: »Sind Sie jüdisch?«

Meine Hände wurden kalt, ich spürte, wie ich zu zittern begann. »Nein«, sagte ich.

»Warum haben Sie dann Ihre Heimat verlassen?«

Ich versuchte ganz leise zu sprechen: »Weil mein Mann ins K.Z. gekommen wäre!«

»So ist das...« sagte er langsam. Seine Augen wurden hart. Ich hatte nur einen Gedanken: ich muß die zwei

Wochen von ihm haben, er muß mir die zwei Wochen geben.

Ich sagte: »Sie werden verstehen, daß er sich in der Familie und am Genfer See besser erholen kann als zu Hause.«

»Warum?« sagte er, »Deutschland ist ein ordentliches Land.« Aber ich hatte plötzlich Hoffnung.

Der Vater saß noch immer auf dem Untersuchungsstuhl, ich ging zu ihm hin, gab ihm seinen Stock und führte ihn in die Nähe der Türe.

Der Arzt begann auf ein Aktenpapier zu schreiben. Als er fertig war, nahm er ein großes graues Couvert, tat das Geschriebene hinein, winkte mir. Er stand auf, übergab mir das Couvert.

»Hier ist die Bestätigung«, sagte er, »aber versuchen Sie nicht, eine weitere Verlängerung zu erlangen.«

»Nein«, sagte ich, »ich danke.«

Wir verließen den Raum. Als wir auf der Straße standen, rief der Vater aus: »Ist das möglich? Wissen denn die Schweizer nicht, was in unserm Land geschieht?«

»Manche wissen's nicht«, sagte ich, »und manche wollen es nicht wissen!«

Ich führte ihn in die nächste Weinstube. Wir setzten uns an einen Holztisch, ich legte meine kalten Hände in seine warmen.

»Daß wir dieses Verhör durchgestanden haben!« sagte ich.

Er bestellte zwei Cognac, und am hellen Vormittag trank jeder von uns einen großen Cognac.

»Jetzt haben wir's runtergespült«, sagte er.

Am nächsten Morgen saßen wir vier und der Hund im Zug, auf der Fahrt nach Chardonne.

Wir hatten achtzehn Tage Zeit vor uns.

X

Die Eltern waren verzückt von allem und jedem, den Bahnhöfen mit fröhlichen, unlauten Ferienreisenden, die sich mit ›Grüetzi‹ begrüßten anstatt mit ›Heil Hitler‹. Es gab keine braunen und schwarzen Uniformen auf den Perrons und in den Zügen, alles war unverändert. Es war die Schweiz, die sie geliebt und oft besucht hatten. Sie zogen Vergleiche und begannen zu erzählen. Es waren die gewohnten Sätze, die ständig gesprochen wurden, aber in Briefen ins In- und Ausland nicht geschrieben werden durften, der strengen Zensur wegen.

»Den haben sie abgeholt – mit der muß man freundlich sein, sonst zeigt sie einen an – dem haben sie das Haus ausgeräumt – der hat sich vergiftet.« Zuletzt sagte der Vater: »Unsre Nichte, das Marieche, die, die immer Schafe gemalt hat, die malt jetzt den Hitler! Und ich hab zu ihr gesagt: ›Ei, deine Schaf warn mir lieber.‹«

Ich lachte, aber die Mutter schüttelte den Kopf. »Das hätt er nicht sagen sollen, die von der Gestapo, die verstehen keinen Spaß!«

Wir waren eine Strecke lang allein im Coupé gewesen, in Fribourg stieg ein französisches Ehepaar zu.

Die Eltern setzten ihre Erzählung fort, ich saß ihnen gegenüber, sie beugten sich vor, um mir Erlebtes und Erlittenes ins Ohr zu flüstern.

»Warum flüstert ihr?« sagte ich laut.

Die Mutter legte den Finger auf den Mund und wisperte, ihre Lippen kaum bewegend: »Das sind Fremde, die hören zu!«

Ich wendete mich an die Fremden und fragte sie, wie weit es noch nach Puidoux-Chexbres sei. Sie gaben Auskunft, sie waren freundlich. Wir kamen ins Gespräch, sie konnten nicht deutsch, aber die Eltern sprachen französisch. Sie erzählten ihnen vertrauensselig, daß sie in Chardonne Goldene Hochzeit feiern würden – daß sie aus Deutschland kamen, das erzählten sie nicht. Die Fribourger gratulierten, und als wir ausstiegen, winkten sie uns nach.

Der Hotelbesitzer von Chardonne, Pierre Pelot, erwartete uns auf der kleinen Station. Neben dem Bahnhofsgebäude stand sein betagtes Auto, ein Mittelding zwischen Kaffeemühle und Badewanne.

Pierre begrüßte uns und steckte mir ein Telegramm zu. Während das Gepäck aufgeladen wurde, ging ich mit Winnetou hinter den Bahnhof und riß das Telegramm auf. »Michi kommt heute abend an!« Winnetou schrie vor Freude und tanzte mit Mucki an der Leine.

»Sei still«, sagte ich, »du weißt doch, die Großeltern dürfen nichts davon wissen.«

Winnetou und ich hatten Michi seit Januar 1938 nicht mehr gesehen. Die letzten Weihnachten 1937 hatte sie noch mit uns in Henndorf verbracht, aber seit Herbst 1937 war sie in einem englischen Internat in London. Zuck konnte sie dort manchmal besuchen und, wenn man ihr freigab, nach London kommen lassen. Sie hatte den Einmarsch in Österreich nicht miterlebt, und wir waren froh, daß sie weit weg war von allen Wirrnissen.

Das Gepäck war aufgeladen, die Eltern saßen schon auf den Rücksitzen des Wagens. Wir stiegen zu, setzten uns neben Pierre, ich hatte Winnetou auf dem Schoß, sie hatte Mucki auf dem Schoß. Ich hatte Muckis Maul in der Hand, damit er Pierre beim Schalten des Wagens nicht beißen konnte. Der Motor arbeitete fauchend, die Fenster klapperten, der Gepäckträger quietschte, und das Gepäck stieß sich dröhnend auf dem Dach. Die Eltern lachten, wir schrien: »Lentement, langsam...«, Mucki bellte. Pierre fuhr schnell und sicher mit seiner ›Pétroleuse‹, wie er sie zärtlich nannte.

In Chardonne angekommen, führte er die Eltern auf ihr Zimmer. Ich zeigte ihnen das dazugehörige Terrassenzimmer, damit sie die Schönheit der Landschaft sehen konnten. Der Vater sah nur weniges. Die Mutter beschrieb ihm die Berge, die Bäume, den See. Sie war gewohnt, ihm alles sehbar zu machen, und sie tat es mit begabter Anschaulichkeit. Auf dem Tisch standen ein halbes Dutzend Vasen mit Blumen aller Arten.

»Aber das Fest ist doch erst morgen«, sagte die Mutter.

»Das fängt schon heute an«, sagte ich geheimnisvoll.

Die Vorbereitungen zur Goldenen Hochzeit glichen den Vorbereitungen zum Weihnachtsfest: Geheimnistuerei, Überraschungen und Dingeverstecken. In diesem Fall waren die Dinge lebendig: die Eltern wußten nicht, daß ihr älterer Sohn, der seit zwei Jahren in der Türkei lebte und arbeitete, anreisen würde, sie wußten nicht, daß die Enkelin aus England zum Fest kommen konnte.

Am Nachmittag holte ich mit Pierre den Bruder ab. Wir hatten uns lange nicht gesehen, wir begrüßten uns liebevoll zärtlich.

Ich führte ihn zu den Eltern, die Überraschung war gelungen, der Jubel war überwältigend. Die Mutter rief immer wieder: »Mein Türk' ist da!« Am selben Abend holte ich Zuck und Michi ab.

Michi wurde versteckt, sie sollte erst am nächsten Morgen den Eltern als Morgengabe präsentiert werden.

Michi war ein sehr junges Mädchen, schön und dunkel. Ich führte sie in ihr Zimmer, ich saß neben ihr, als sie ihr frühes Essen auf ihr Zimmer bekam. Sie kam von einer Insel, dem Mittelpunkt eines Weltreichs, das mit den Erdteilen der ganzen Welt enger verbunden war als mit Europa. Wir sprachen nicht von England. Wir vermieden es auch, von dem Land zu erzählen, das wir hatten verlassen müssen. Zudem wichen wir gerne in ein Spiel aus, in dem sie sich in ein Kind verwandelte, das ich auf den Schoß nahm, obwohl es groß und zu Ende gewachsen war. Diese irreale Beziehung ersparte uns manche Konflikte, die wir kaum zu lösen vermocht hätten.

Ich sagte ihr, sie solle sich bald schlafen legen, ich würde später kommen und sie holen.

Ich ging hinunter zum Abendessen. Es war ein fröhliches Familienmahl, bei dem jeder darauf bedacht war, nur an das Wiedersehen und nicht an den Abschied zu denken. Der Bruder erzählte von der Türkei, er war an die Musikhochschule in Ankara berufen worden. Er sprach über seine Arbeit, über die Menschen, über die Landschaft. Er hatte die türkische Sprache erlernt und daher bald die Kenntnis von Land und Leuten erworben, später konnte er in türkischer Sprache Musik unterrichten. Wir baten ihn, Sätze auf türkisch zu sprechen, und wir schämten uns unserer mangelhaften Kenntnisse der französischen und noch armseligeren der englischen Sprache.

Winnetou hatte die Ellbogen auf den Tisch aufgestützt, ihre Augen glänzten, für sie waren es orientalische Märchen, die ihr Onkel erzählte.

Sie saßen noch lange beisammen, ich mußte eine glaubhafte Geschichte erfinden, um gegen zehn Uhr hinaufgehen zu können.

Als ich die Türe von Michis Zimmer aufmachte, schlief sie, aber das Licht brannte. Ich ging in mein Zimmer, zog mich aus, wusch mich, dann ging ich wieder in ihr Zimmer. Sie war aufgewacht, ich sagte ihr das Kinderlied auf:

Eia, popeia, wer schläft heut' bei mir?
Soll's die kleine Michi sein,
so muß sie auch recht artig sein – Eiapopei –

Sie ging mit mir hinüber, wir legten uns in mein Bett. Wir lagen nebeneinander, schauten auf die Decke und schwiegen. Da fiel mir ein seltsamer Vers ein, den sagte ich vor mich hin:

Die Donau ist ins Wasser g'falln,
Der Rheinstrom ist verbrannt,
Da ist der Wiener Stephansturm
Mit'n Stroh zum Löschen g'rannt.

Michi weinte ein wenig, ich nahm sie in den Arm und sang sie in den Schlaf.

Der Festtag brach an, der Bruder sang mit uns eine Kantate, die er in aller Morgenfrühe mit uns einstudiert hatte. Die Eltern saßen beim Frühstück, und als wir zu Ende gesungen hatten, sprang die Mutter auf, lief auf Michi zu, herzte und küßte sie und führte sie zum Vater.

Der sich dauernd wiederholende Satz war: »Ist es denn möglich? Der türkische Sohn ist da und unsre englische Enkelin. Alle sind wir beisammen!«

Die geplanten Überraschungen, die rührende Wirkung, das alles war sehr kindlich, man könnte sogar meinen, dieses Verhalten wäre für erwachsene Leute kindisch gewesen, aber wir lebten in einer absurden Welt, in der alles aus den Fugen gegangen war und Bindungen getrennt oder zerrissen worden waren. Jede Art des Normalen löste in uns eine ungeheure Freude aus, führte zu einer zeitweisen Entspannung vom Druck der Furcht, zu einer kurzen Erlösung von dem Wahnsinn, der uns ständig umgab.

Die Freunde Pelot hatten ein herrliches Fest zugerichtet, Lampions hingen im Garten zwischen den Bäumen, der Tisch war geschmückt, die Reihenfolge der Speisen und Weine war köstlich. Pierre öffnete die Fenster, da standen die pompiers davor in ihren Feuerwehrhelmen und spielten ihre Musik, Winnetou rief: »Das ist ja bald wie in Henndorf!« Später sangen die Pelots ihre französischen Lieder, wir sangen Lieder, nicht so unbefangen wie sonst, da unser aufmerksamer und gestrenger Musiker dabei war und uns im Takt hielt.

Um zwei Uhr früh trennten wir uns.

Drei Tage später fuhren wir nach St. Niklaus im deutschsprachigen Oberwallis. Ich hatte im Mai ein Standquartier für uns gesucht, nicht zu hoch gelegen und billig, das waren die Voraussetzungen. St. Niklaus war damals ein stilles Dorf mit einer schönen Kirche, nur mit der Bahn zu erreichen, noch ohne Autostraße. Es lag auf dem Fußweg nach Zermatt und hatte viele Wege in die hohen Berge.

Wir wohnten in dem einzigen Hotel, das es damals gab. Es hatte eine Steinfassade und war innen abwechslungsreich gebaut, es hatte Gänge mit steinernen Bogen und Geländer, von denen man auf einen gedeckten Hof sehen konnte. Die Zimmer waren groß, kühl und ruhig, das Essen war gut, die Gäste wurden damals noch wahrgenommen, und man kümmerte sich um sie.

Die Zeit verging allzu rasch. Spaziergänge und Ausflüge wurden unternommen, auf Hochtouren verzichteten die Brüder, um den Eltern nicht den geringsten Anlaß zur Sorge zu geben.

Die englische Enkelin hatte schon von Chardonne aus in ihr Internat fahren müssen, und der ›Türk‹ fuhr einige Tage vor der Abreise der Eltern von St. Niklaus zurück in die Türkei.

Wir vier verbrachten die letzten Tage in tiefem Frieden, selbst Mucki schien sich, unauffällig werdend, in den Frieden zu fügen.

Da geschah etwas Merkwürdiges.

Es war am vorletzten Abend, wir saßen im sogenannten Salon an einem Tisch beim Fenster. Die hohen Parterrefenster und die Holzläden davor waren geschlossen und verriegelt. Es war spät geworden, wir waren die einzigen Gäste in dem Raum. Plötzlich wurde an den Fensterladen hinter uns mit der Faust geschlagen, und eine Männerstimme rief etwas Unverständliches.

Die Mutter wurde totenblaß, faßte nach der Hand des Vaters und sagte: »Sie kommen uns abholen!« Der Vater sagte: »Wir sind in der Schweiz, hier tun sie uns nichts!« Sie schwiegen und hielten sich fest an den Händen. Zuck war in die Halle gegangen zum Nachtportier, er deutete auf die verschlossene Haustüre und sagte: »Jemand will herein!« Winnetou saß neben mir, sie war mehr erschrocken über das seltsame Verhalten der Großeltern als über das Klopfen am Fenster. Sie fragte mich leise: »Haben die Großeltern, auch so wie ich, Angst vor Einbrechern und Mördern?«

»Sie haben Angst«, sagte ich.

Am übernächsten Tag brachten wir sie zu ihrem Zug.

Wir nahmen Abschied. Sie fuhren nach Hause, in ihre Stadt, in der ihr Haus vier Jahre später durch Bomben zerstört wurde.

XI

Mucki liebte Flugzeuge, Eisenbahnen, Autobusse, Autos. Er verabscheute den schwankenden Boden der Schiffe, auch der sanften Schiffe bei schönem Wetter auf dem Genfer See. In Ruderboote nahmen wir Mucki niemals mit, er hätte sie in kürzester Zeit durch Umsichschlagen und Wutausbrüche zum Kentern gebracht. Aber das Auf und Nieder der Flugzeuge, das ruckartige Fallen in Luftlöcher, das tobende Rasen auf den Pisten, das Holpern bei den Landungen, all dies machte ihn tapfer, lebensfroh und freßgierig. In der Eisenbahn schlief er vom Einsteigen bis zum Aussteigen. Das scharfe Bremsen von Autobussen und Autos merkte er nicht, weil er in diesen Gefährten immer auf meinem Schoß saß, auch wenn ich das Auto selbst lenkte, und sich in vollkommener Sicherheit wiegte.

Unsre Reiserouten waren genau vorgezeichnet und bestimmt: Am 17. August waren die Eltern abgereist. Am 18. August sollten Mucki und ich von St. Niklaus mit der Bahn nach Stalden fahren und in den Autobus nach Saas-Grund umsteigen. Dort begann der Fußweg nach Saas-Fee.

Zuck und Winnetou würden am folgenden Tag von St. Niklaus über Grächen und die Grächener Hannigalp zu Fuß ins Saas-Tal wandern, dort versuchen, den Autobus nach Saas-Grund nicht zu versäumen, und am Nachmittag nach Saas-Fee hinaufsteigen.

Denselben Weg waren Zuck und ich zehn Tage zuvor gegangen von St. Niklaus aus, und oben, auf der Hohen Stiege, hatten wir zum erstenmal die Pracht und die Herrlichkeit von Saas-Fee gesehen. Wir hatten in einem Hotel übernachtet und waren in aller Frühe auf Suche nach einer Wohnung gegangen. Wir fanden sie bei einem freundlichen Bergführer, das Haus lag am Ende des Kapellenwegs. Wir sagten, wir kämen in acht Tagen wieder mit Kind und Hund, die Tochter aus England würde eine Woche später folgen.

Unser Gepäck war wohlbedacht verteilt: ich hatte zwei Koffer, einen großen Rucksack mit Schuhen, Büchern und maschinengeschriebenen Manuskripten, Muckis Sack und meinen Rucksack mitzunehmen. Zuck hatte sich einen großen Rucksack zurückbehalten, um ihn mit seiner kostbaren Schreibmaschine, Proviant und einer Flasche Schnaps zu füllen. Wäsche und Strümpfe dienten hauptsächlich zur Einbettung der harten Gegenstände. Mit diesem schweren Ding auf dem Rücken stieg er viele Stunden lang bergauf, bergab und wieder bergauf.

In meinem Rucksack, den ich von Saas-Grund nach Saas-Fee hinaufschleppen mußte, trug ich Nachtzeug, kalten Aufschnitt und eine Flasche Rotwein für mich, gebratene Leber, ein wenig Wasser und eine Decke für den Mucki. Außerdem trug ich stets Stricke und Schnüre, Verbandzeug und ein herzstärkendes Mittel für den Mucki mit, das aber nie zur Anwendung kam. Auf der kurzen Bahnstrecke von St. Niklaus nach Stalden schlief Mucki, und er schlief auch im Autobus bis Saas-Grund.

Als wir ausstiegen, sahen wir die Maultiere stehen. Koffer, Säcke, Getränkekisten wurden aufgeladen mit unbegreiflichem Geschick und einer profunden Kenntnis der Hebelgesetze, die Gewichtsverteilung geschah mit langsamer, akrobatischer Sicherheit. Ich sah, wie die Maultiere mit unserm Gepäck beladen wurden, ein Mann übergab mir meinen Rucksack und half mit, ihn auf den Rücken zu schnallen. Mucki saß still in der Nähe der Maultiere, zog schnaubend ihren ihm unbekannten Geruch ein und versuchte, nicht die Tiere in den Knöchel zu beißen.

Nun begannen wir zu wandern, der Mucki und ich. Am Anfang war der Weg flach, wir überquerten den Fluß und kamen zur ersten Station. Der Kapellenweg hat fünfzehn Stationen mit Figuren aus dem frühen 18. Jahrhundert, die das Leben, den Tod und die Auferstehung Christi darstellen.

Mucki hüpfte und sprang den Weg entlang bis zur ersten Station, und er lief noch munter den steilen Weg empor bis zur vierten Station. Dann wurde seine Gangart immer langsamer. Knapp vor der sechsten Station blieb er stehen, keuchte und stöhnte. Ich mußte ihn auf die Arme nehmen und tragen. Bei jeder Station setzte ich ihn ab, ich keuchte, wie er es zuvor getan hatte, und wenn ich ihn wieder aufnahm und weiter trug, schlug mein Herz hart gegen seinen Körper, der wie ein schwerer Kartoffelsack vor meiner Brust lag.

Als wir zur Kapelle an der Hohen Stiege kamen, wollte ich eine lange Rast tun. Ich setzte mich auf die Bank unter den mächtigen, tausendjährigen Baum, öffnete den Rucksack, legte geschnittene Leber auf ein Papier, stellte daneben eine Schale mit Wasser für den Mucki, nahm Schinken und Wurstbrote für mich heraus, öffnete die Rotweinflasche und goß mir einen Becher voll.

Die Ruhe war vollkommen, der Himmel blau, die Sonne schien.

Bevor ich aber den ersten Bissen zu mir nehmen, den ersten Tropfen trinken konnte, sah ich Mucki, seine Leine hinter sich herschleifend, auf die Wiese springen. Sekunden später hatte er sich in die Leine verwickelt und rollte auf dem steil werdenden Hang dem Felsenabgrund zu. Ich ließ alles fallen, lief ihm nach und sah ihn unter der Wiese in einem Gebüsch hängen, das ihn knapp vor seinem Todessturz abgefangen hatte. Ich lief zurück, riß den Strick aus dem Rucksack, band ihn rasch um einen Baum in der Nähe des Abgrunds und legte die Schlinge um mich. Ich hatte nur wenige Schritte von der sicheren Wiese bis zu dem Abgrund zu steigen, aber der Anblick des tobenden Wassers tief unter mir in der Schlucht und des bewußtlosen Hundes im Gesträuch erschreckte mich maßlos. Ich packte den Hund an seinem Geschirr, schleifte ihn hinauf zur Wiese und hielt mich zugleich fest an dem Strick.

Als wir wieder bei der Bank angekommen waren, lagen Fleisch und Brote unter der Bank, durchtränkt von vergossenem Wein.

Ich saß lange auf der Bank, in einer Art von Betäubung, als hätte ich einen Schlag auf den Kopf bekommen. Endlich konnte ich aufstehen, band den Hund mit einem Strick an einem starken Ast des Baumes fest, dann wankte ich in die Kapelle und dankte Gott für die Errettung aus Todesnot.

Als ich aus der Kapelle trat, sah ich, daß keinerlei Lebensmittel mehr unter der Bank lagen. Der Hund aber lag neben der Bank und schlief. Ich packte seine Schüssel und meinen Becher in den Rucksack, schnallte ihn mir auf, nahm den Hund, der mich schwerer dünkte als zuvor, auf die Arme und stapfte weiter mit ihm. Er fing an zu schnarchen, und seinem offenen Maul entströmte Alkoholdunst.

Es war nicht mehr weit zu gehen zu dem Haus des Bergführers. Bei der letzten Station setzte ich Mucki nieder, er wankte und wackelte mit dem Kopf.

»Du hast meinen Wein ausgetrunken«, sagte ich vorwurfsvoll.

Ich nahm mein Kopftuch, band es ihm um Kopf und Hals.

Der Bergführer stand vor der Haustüre, ich zog dem schlafenden Mucki den Zipfel des Kopftuchs über die Augen und Schnauze, damit der Bergführer ihn weder sehen noch riechen konnte.

Er begrüßte uns freundlich, zeigte mir die Wohnung.

In einer dunklen Ecke neben dem Kleiderschrank stellte ich Mucki ab. Er fiel zur Seite und schlief schnarchend weiter.

Der Bergführer, der keinen Hund besaß und kaum Hunde kannte – es gab damals fast keine Hunde in Saas-Fee –, sah Mucki befremdet an.

»Er taumelt vor Müdigkeit«, sagte ich, »er ist ein alter Hund, der Weg war lang und steil.«

Ich nahm seine Decke aus dem Rucksack, zog ihm mein Kopftuch ab und legte die Decke über ihn.

Er erwachte erst um Mitternacht, ich mußte mich anziehen und ihn zu den nahen Stadeln führen, damit er seine Wasser fließen lassen konnte. Da auch die Stadeln auf abschüssigen Felsen standen, hielt ich ihn ständig an der Leine und kroch mit ihm unter die Stadeln, wo er versuchte, ansässige Katzen zu jagen.

Als wir uns leise ins Haus zurückgeschlichen hatten,

verlangte es ihn nach guter Kost, er verschlang den restlichen Schinken und die Wurstscheiben, riß mir eine Tafel Schokolade aus der Hand und fraß sie mit dem Papier auf, legte sich auf seine Decke und grunzte zufrieden.

Ich konnte noch lange nicht einschlafen, ich mußte nachdenken über seinen Alkoholexzeß, der ohne jegliche schädliche Folgen geblieben war. In der Morgendämmerung kam es mir in den Sinn, daß meine Tante wohl nicht nur das Essen und die Süßigkeiten, sondern auch ihren Wein mit ihm geteilt haben mochte.

Am nächsten Nachmittag kamen Zuck und Winnetou an. Mucki begrüßte die beiden mit großer Freundlichkeit.

Ich führte sie durch unsre Wohnung. Sie bestand aus zwei Zimmern, einer Kammer, einer Küche und einem Waschraum mit Toilette, in dem ein Waschtisch mit Waschschüsseln und Krügen stand und ein Eimer. In der Küche war über der steinernen Abwasch der Hahn, aus dem kaltes, klares Wasser floß.

Zucks Zimmer und mein Zimmer hatten je vier Fenster. Zuck konnte westwärts auf die Mischabelgruppe schauen, südwärts auf das Allalinhorn, den Feegletscher und den Alphubel. Ich hatte durch meine Fenster denselben Ausblick nach Süden, ostwärts kam die Sonne über den Portjengrat und schien morgens ins Zimmer.

Winnetou bemerkte zunächst nur, daß ihre Kammer ebenerdig gelegen war, ihr Fenster ging ebenso wie mein Ostfenster und die Haustüre auf eine Steinterrasse, die von der Straße her durch eine breite, geländerlose Treppe zu erreichen war.

»Kann da jemand einsteigen?« fragte sie.

»Du mußt die Fensterläden zumachen in der Nacht«, sagte ich.

Die Wände des Zimmers waren aus Holz, die Möbel aus Holz, und das Holz, in seiner natürlichen Farbe belassen, strahlte eine große Wärme aus. Der Mittelpunkt der Wohnung war die Küche. Ein großer elektrischer Herd stand da mit Backrohr und vier Platten, auf einer stand der Teekessel.

Wir sahen uns alles an, das Geschirr und die Gläser und die Töpfe im Wandschrank, die Bestecke und die Kochlöffel in den Tischladen, eine Kaffeemühle aus Steingut an der Wand. Diese komplette Chaletwohnungseinrichtung war damals noch nicht üblich, und wir priesen die Schweizer um ihrer Vorsorglichkeit willen.

Alles war da, nur eines fehlte: *ich konnte nicht kochen.*

Während Zuck und Winnetou mit Auspacken beschäftigt waren, lief ich in mein Zimmer und setzte mich auf einen breiten Bauernlehnstuhl, der genug Platz bot, um die Hände zu ringen. Mucki kam herbei, ich nahm ihn auf den Schoß und hielt mich an ihm fest und war dadurch nicht imstande, mir die Haare zu raufen. Eine Sturmflut von Wut brauste über mich hin. Ich neigte nicht zur Selbstunterschätzung, aber angesichts dieser Küche, die dazu da war, benützt zu werden und am Hotelessen zu sparen, schämte ich mich meiner Unfähigkeit, meines Versagens, etwas Fundamentales nicht erlernt zu haben. Ich machte Vorwürfe, die an mich selbst und an andere gerichtet waren.

Warum hatte meine strenge Mutter mich nicht zur rechten Zeit gezwungen, kochen zu lernen? Warum waren Zucks Eltern nachsichtig gewesen und hatten zwar mit Sorge, der Vater mit abfälligem Murren, registriert, daß ich eine schlechte Hausfrau war, aber nichts Wesentliches dazu gesagt? Warum hatte Zuck immer den Speisezettel selbst verfertigt und die Menüs zusammengestellt für unsere Gäste? Warum hatte ich gelacht, als ich den höhnischen Ausspruch von Emil Jannings erfuhr: »Frau Zuckmayer studiert Medizin, damit ihr Mann nicht merkt, daß sie nicht kochen kann«?

Ich konnte einige Entschuldigungen vorbringen, die meiste Zeit meines jungen Lebens war ich von ausgezeichneten, ehrgeizigen Köchinnen bekocht worden, die einen ungern in ihrer Küche sehen, ich war anspruchsvoll und verwöhnt gewesen. Als dann die sechs mageren Jahre kamen, gelang es mir von einem Tag auf den anderen, anspruchslos zu werden und mich in Wien und später Berlin mit billiger, minderer Kost zu begnügen. Mit der Zeit wurde ich abweisend gegen die minderwertige Nahrung, dabei kam es mir seltsamerweise nie in den Sinn, mein Leben durch eigenes, gekonntes Kochen zu verbessern.

Als Zuck mir zum ersten Mal begegnete, war ich abgemagert wie ein Jagdhund vor der Jagd, und vom ersten Augenblick spürte ich, daß ich meinen Leithund gefunden hatte.

Er war arm wie ich, aber es gelang ihm mit tausend Schlichen und auf geheimen Wegen, uns die köstlichsten Bissen und Happen zu verschaffen, die ich gierig und entzückt herunterschlang. Er fütterte mich auf, bis mein Fell wieder glatt wurde.

Sechs Monate nach der ersten Begegnung waren wir die Armut los, und Gold rieselte über uns. Es kamen die Wohnung und das Haus auf uns zu und eine Köchin.

Zwölf schöne, lange Jahre wurden wir herrlich bekocht, dann war alles zu Ende. Ich hatte noch eine Gnadenfrist in Chardonne, wo wir großartiges französisches Essen auf den Tisch gestellt bekamen und bei Rückkunft im September wieder bekommen würden.

Ich aber wollte nicht mehr warten, ich hatte fünf Wochen vor mir in Saas-Fee, um mir die Grundbegriffe zur Beherrschung des täglichen Lebens beizubringen.

Mucki begann leise zu winseln, als ob er alles verstanden hätte, was in mir vorging. Ich streichelte ihn und sagte: »Wart nur ab, es wird nicht lang dauern, da koch ich dir das Essen so gut wie die Anna in Henndorf!« Er winselte noch immer, und ich ging mit ihm hinaus zu den Stadeln.

Als ich mit ihm zurückkam, holte ich aus meinem Koffer ein kleines, dickes Buch, das ich aus sentimentalen Gründen mit auf die Flucht genommen hatte. Auf der Innenseite stand in der Handschrift unsres 19jährigen Stubenmädchens:

Hausfrau, sollst ein Beispiel geben
Nach der edlen Kochkunst streben,
Aber strebe nicht zu sehr,
Sonst brauchst du keine Köchin mehr!

Weihnachten 1936 Ihre dankbare Mizzi.

Der Titel des Büchleins war: GUTE KÜCHE, Neuestes Kochbuch, zusammengestellt nach Originalrezepten von Leserinnen und Lesern der Illustrierten Kronenzeitung.

Auf der letzten Seite stand die Ankündigung: Lesen Sie unsre äußerst spannenden Romane und Erzählungen, die Zierde jeder Bibliothek:

Heitere Polizeigeschichten
Die schwarze Venus von Wien
E. T. A. Hoffmanns Erzählungen.

Ich aber las die Kochrezepte als spannende Erzählungen über die Zusammensetzung, die Zusammenhänge und das Maß aller Dinge. Im Lauf der Jahre wurden Kochbücher die Zierde meiner Bibliothek.

Am Abend saßen wir in der Küche bei Tisch und aßen Trockenfleisch, Brot, Käse und tranken Wein.

Da sagte ich mutig: »Morgen fange ich an zu kochen!«

Winnetou lachte, klatschte in die Hände und rief: »Da gehn wir lieber ins Wirtshaus!«

Zuck setzte sein Glas Wein vom Mund ab, stellte es auf den Tisch und sagte ruhig: »Versuch's.«

Mucki lag neben meinem Stuhl, ganz dicht bei meinen Füßen, an denen ich Wollsocken trug. Er winselte leise, und ich hatte nicht mehr den Eindruck, daß er dies aus seelischem Anteil an meinen Gefühlen und Entschlüssen tat. Plötzlich spürte ich eine heiße, klebrige Flüssigkeit über meine Füße rinnen, ich sprang auf und sah meine blutdurchtränkten Socken.

Der Hund lag gekrümmt auf dem Boden, so daß wir zunächst gar nicht feststellen konnten, woher das Blut kam. Während Zuck auf dem Boden kniete, um ihn zu untersuchen, holten Winnetou und ich Bodentücher, Eimer und Schüsseln herbei, um aufzuwischen.

Zuck war es gelungen, das halb betäubte Tier auf den Rücken zu wenden, und da sahen wir, daß die Blutbäche aus seiner weiblichen Öffnung strömten. Zuck sagte »Unterleibsblutungen« und versuchte, das Blut mit den sauberen Bodentüchern aufzufangen. Ich brachte zwei von unsern Wollhemden herbei, die saugfähiger waren als die Bodentücher. Winntetou spülte die durchtränkten Stücke in einem Eimer voll kalten Wassers.

»Er wird verbluten«, sagte ich, »kein Tierarzt weit und breit, keine Hilfe, er wird sterben.«

Winnetou weinte und schrie: »Ich kann's nicht sehen, helft ihm doch!« Sie faßte mit ihren kalten, nassen Händen nach meiner blutigen Hand und sagte beschwörend: »Ihr müßt ihm helfen!«

In diesem Augenblick kreuzte ein absurder Einfall mein Hirn. Ich schloß die Augen, der kalte Schweiß stand mir auf der Stirn. »Rasch«, sagte ich zu Zuck, »deinen Rasierstein, deinen Alaunstift.«

Zuck brachte den Stift, ich kniete mich nieder, Zuck hielt den Hund fest, ich schob den Stift in die Öffnung, aus der das Blut kam. Mucki schrie wie ein gestochenes Schwein. Ich ließ den Stift eine Weile in seinem Innern. Als ich ihn herauszog, floß kein Blut mehr.

Ob es die zusammenziehende Wirkung des Alauns war oder der Schock oder beides, das konnte man nicht bestimmen.

Es klopfte an der Eingangstür zur Wohnung. Zuck ging hinaus. Wir hörten ihn mit dem Bergführer sprechen.

Winnetou und ich hatten große Angst, der besorgte Bergführer könnte in die Küche kommen. Sie setzte sich auf den Eimer, in dem die befleckten Tücher und Wollhemden schwammen, ich setzte mich auf die Blutspuren auf dem Boden und breitete meinen weiten Rock darüber aus. Wir hörten Zuck zu dem Bergführer sagen, der Hund hätte sich verletzt und dabei laut geschrien, es wäre aber alles wieder in Ordnung. Zuck kam zurück in die schöne ›heimelige‹ Küche. Die hatte sich in einen

Tatort verwandelt, und wir drei mit unsern blutbefleckten Händen sahen aus wie Täter, die einen Verwandtenmord hinter sich hatten.

Wir brauchten viel Zeit, um den Fußboden in der Küche geräuschlos zu reinigen. Die Bergführerfamilie wohnte unter uns. Wir reinigten auch Mucki ganz vorsichtig, damit er keinen Grund zum Quietschen hatte. Wir wuschen unsre Hände wund beim Reinigen der Bodentücher, die wir in eine scharfe Lauge tun mußten. Mucki stand bald wieder auf den Beinen, verlangte Honigwasser und Schokolade. Ihm schien zu Mute zu sein, als hätte er einen heilsamen Aderlaß hinter sich.

Es war wieder Mitternacht geworden, als ich mit Mucki zu den Stadeln ging. In meinem Zimmer hüllte ich dann Mucki in seine Decken ein und legte noch eine Reisedecke unter ihn.

Dann brachte ich Winnetou in ihre Kammer, schloß sorgfältig die hölzernen Läden ihres Fensters und sagte dazu belehrend: »Siehst du, vor meinem Fenster ist derselbe breite Steinboden wie vor deinem, aber *ich* fürchte mich nicht. Ich lasse das Fenster weit offen!«

Ich hätte es nicht tun sollen.

Es muß um sechs Uhr morgens gewesen sein, da erwachte ich und hörte ein unbestimmbares Scharren auf Stein und Kratzen an Holz. Ich stieg aus dem Bett, lief zum Fenster und wollte es schließen. Aber bevor ich das tun konnte, sprang ein prachtvoller, brauner Setter durchs Fenster, stürzte sich auf den Mucki, riß ihn aus seinen Decken und versuchte, ihn zu vergewaltigen. Mucki schrie, ich schrie, Winnetou stürzte schreiend ins Zimmer, nur Zuck gab keinen Laut von sich, nahm den großen Hund an seiner abgerissenen Leine und führte ihn zur Haustüre hinaus, die Stiegen hinunter, ohne gebissen zu werden.

Ich schloß alle Fenster, setzte mich neben Mucki auf den Boden, streichelte ihn, beruhigte ihn.

Zuck sagte: »Es hat keinen Sinn mehr zu schlafen, ich mache das Frühstück.« Zuck mahlte Kaffeebohnen in der Kaffeemühle an der Wand, ich deckte den Tisch, Winnetou war fortgegangen, beim Bäcker Brot holen, in der Molkerei Milch holen.

Als sie fort war, faßte ich den Mut zu fragen: »Was war das?«

»Mucki ist läufig«, sagte Zuck.

»Nein«, sagte ich entsetzt, »das ist nicht möglich!«

»Doch«, sagte er, »drei Wochen lang müssen wir aufpassen: Fenster schließen, ihn nicht von der Leine lassen, Spuren aufwischen.«

»Das gibt es nicht«, sagte ich, »so alt, so blind, so häßlich!«

»Ja«, sagte er, »das gibt's in der Natur.«

Ich seufzte: »Ich bin so glücklich, ich möchte nicht fortgehen müssen aus diesem Haus. Das Geschrei gestern abend und heute früh – das war zuviel! Unser Hauswirt ist ein sanfter Mann, aber ich weiß nicht, ob er uns behalten will?«

Zuck sagte: »Ich werde hinuntergehen und mit ihm sprechen.«

Aber da war niemand. Die ganze Familie war in der Frühmesse.

XII

Eine Woche nach unserer Ankunft kam Michi aus England. Sie wohnte in einer Kammer im Stockwerk über uns. Zwei stille Engländerinnen hatten sich im selben Stockwerk eingemietet, und Michi brillierte mit ihrer englischen Erziehung, wenn sie ihnen begegnete. Im übrigen benützte sie ihre Kammer nur zum Schlafen, tagsüber tobten die Geschwister im Freien oder in der Wohnung umher, wie kleine Kinder im Vorschulalter, und schrien, wenn sie über Mucki stolpernd von ihm regelmäßig geschnappt wurden. Meistens aber standen wir in der Küche, die Töchter und ich.

Michi litt im Internat unter der englischen Küche, und so stürzten wir uns gemeinsam, mit Hilfe meines Kochbuches, in das Abenteuer der österreichischen Küche. Später kam noch die Kochkunst aus manchen andern Ländern dazu, aber das war unsre erste Station, und wir nannten sie ›die Heimwehküche‹.

Wir stürzten uns mit solcher Leidenschaft in die Kunst des Kochens, daß es Zuck, der gute Kost in allen ihren Verästelungen liebte, zuviel wurde und ihn abstieß. Wir streiften alle erlernten Manieren ab, wir überschritten die Grenzen des Anstandes. Wir kosteten Suppen, indem wir sie schlürfend einsogen. Wir erprobten das Zartwerden des Fleisches, indem wir mit einer Zweizinkengabel hineinstachen und die Gabel dann durch den Mund zogen. Wir leckten den Saucenlöffel ab. Wir hatten mitunter Spinat auf den Wangen, Nudeln im Haar, Reis in den Mundwinkeln, Mehl auf der Nase. Ja, es war geradezu, als würde uns das zu Kochende anspringen.

Wir widerten Zuck an mit unserm Gehaben, er verließ Tisch und Küche, wenn wir stolz an einer selbstgebackenen Torte schleckten, bevor wir sie aufgeschnitten hatten. Er verachtete unsre dilettantischen Bemühungen. Für ihn war das Resultat entscheidend. Das Resultat war vorwiegend gut. Manches Mißlungene vergaß er lange nicht, und nur das wahrhaft Wohlgelungene lobte er.

Zuck gönnte sich in dieser Zeit eine Pause. Seit März hatte er ausschließlich an Filmmanuskripten arbeiten müssen, um unsern Lebensunterhalt zu verdienen, und er war zu keiner eigenen Arbeit mehr gekommen. Nun vollendete er eine Schrift, die er in Henndorf begonnen hatte und die er ›Pro domo‹ nannte.

Manchmal machten wir Bergpartien und Ausflüge. Es war eine schöne Zeit.

Ich konnte nur auf drei Tagesausflüge mitgehen, da Mucki der Wartung bedurfte. Glücklicherweise dauerte sein unerwarteter und außergewöhnlicher Zustand nur elf Tage an, anstatt der angekündigten drei Wochen. Aber allein lassen konnte man ihn nie und nimmer mehr als ein paar Stunden. Nun hatte ich eine alte Frau gefunden, die blieb bei Mucki während der Tagesausflüge, an denen ich teilnahm. Sie kam in aller Morgenfrühe, wenn es noch dunkel war, und sie ging weg am späten Nachmittag, wenn es wieder dunkel war und wir nach Hause kamen.

Die Frau war klein und verhutzelt, ihre Kleider rochen nach Stall, sie redete in einer murmelnden Sprache, und Mucki war ihr zugetan.

Wir hatten für ihn eine Holzkiste gefunden, die nach der Vorderseite mit einer zehn Zentimeter niederen Holzlatte versehen war. Die Kiste hatten wir neben den Ofen gestellt, mit Sand und Kies gefüllt, mit Materialien, die er hinter den Prellböcken der verschiedenen Bahnhöfe vorzufinden gewohnt war. Er benützte die Kiste, als wäre er eine Katze. Sein Futter stellte ich ihm auf den gewohnten Platz, die Schüssel mit Honigwasser daneben, die füllte ihm die Frau nach, wenn sie leer war. Die Frau brachte sich ihren eigenen Speck mit, Käse, Brot und ihren Strickstrumpf. Wir stellten ihr eine Kanne Kaffee hin und Rotwein, beides verdünnte sie mit Wasser. Wir legten zerkleinerte Stücke Schokolade auf den Tisch, die könne sie dem Hund verfüttern, sagten wir. Sie hatte ein scharfes Messer bei sich, mit dem sie ihren Speck und das schwarze Brot in kleine Stücke zerteilte, da sie nur mehr sehr wenige Zähne ihr eigen nannte. Wir zeigten ihr den elektrischen Schalter für die Küchenbeleuchtung. Sie aber murmelte, es sei gut stricken im Dunkeln.

Sie hatte, wie die meisten Saaser in jener Zeit, keine Erfahrung mit Hunden. Die Hochtouristen brachten keine Hunde mit, die andern Gäste selten und bestenfalls Dackel, Möpse und Foxel, aber fast nie einen so großen Hund wie den Setter, der bei uns eingebrochen war. Hunde wurden von den Einheimischen gefürchtet, da sie schwer von Wölfen zu unterscheiden seien, und das Gerücht, daß Wölfe in den Wäldern des Wallis hausten, wollte damals nicht verstummen.

Vor Mucki hatte die Frau keine Angst, weil sie hinter seiner blanken Blindheit eine gute Seele vermutete. Er seinerseits war von Anfang an von der Geruchsmischung aus Speck, Käse, Stall betört und umgab sie mit ungewöhnlicher Herzlichkeit. Allerdings fanden wir heraus, daß sie Speck und Käserinden in kleinste Teile zerstückelte, die für Mucki zusätzliche Delikatessen zu seiner Hausmannskost bedeuteten. Zu den Stadeln zu führen hatte sie ihn nicht, dazu war die Kiste da, und so konnte man die beiden getrost zurücklassen, und wir priesen unser Glück, die alte Frau gefunden zu haben. Übrigens konnte man in Saas-Fee zu dieser Zeit Frauen in jeder Menge finden, die um geringen Lohn jegliche Arbeit annahmen und nicht ahnten, wie bald sich ihre Armut in Wohlstand und Besitz verwandeln würde.

Michis Urlaub ging zu Ende. Winnetou ihrerseits sollte in ein Landschulheim am Genfer See kommen, die Leiter waren Deutsche, die ein großes Landschulheim in Deutschland hatten aufgeben müssen. Sie waren Freunde von uns, und Winnetou zog mit ihnen später in ihr Landerziehungsheim ein, das sie in Amerika, in Manchester, Vermont, fanden und blieb bei ihnen, bis sie aufs College mußte.

Wir verabschiedeten uns von unserm Bergführer, der uns lieb geworden war.

Am nächsten Morgen wanderte Zuck mit den Kindern über Waldwege und die Landstraße nach Stalden. Sie erzählten, daß ihnen auf der Landstraße nur vier Autos begegnet seien.

Ich räumte die Wohnung auf, besonders die Küche, und nahm zärtlichen Abschied von dem Herd und den Kochgeschirren.

Am frühen Nachmittag schnürte ich meinen Rucksack und marschierte mit Mucki den breiten Maultierweg hinunter nach Saas-Grund. An keiner Stelle dieses Weges bestand die Möglichkeit für ihn abzustürzen.

Wir bestiegen den Autobus und warteten in Stalden auf unsere Wanderer. Wir fünf fuhren mit der Bahn über Visp nach Vevey, abends kamen wir in Chardonne an.

Die Freunde Pelot begrüßten uns wie verlorene

Söhne, bereiteten uns ein großes Mahl, aßen und tranken mit uns. Wir verstanden ihre Sprache, obwohl sie nicht die unsere war, wir verspürten keine Fremdheit, obwohl wir die Familie Pelot erst seit fünf Monaten kannten.

Wir erzählten von Saas-Fee, wir sprachen von der Goldenen Hochzeit und dankten immer wieder für das Fest, das sie den Eltern bereitet hatten. Vor Mitternacht tranken wir Bruderschaft. Wir hatten eine Freundschaftsinsel gefunden, auf der wir noch sieben Monate leben durften.

Am nächsten Abend brachten wir Michi zum Zug nach Calais–Dover. Der Abschied war nicht schwer, wir wußten, wir würden uns bald wiedersehen, zu Weihnachten in Chardonne. Ich umarmte Michi und sagte: »Was für ein gutes Gefühl, du fährst in ein sicheres, friedliebendes Land, da kann dir nichts geschehen!«

Zwei Tage später fuhr ich mit Winnetou zu ihrer Schule in Gland, am unteren Genfer See. Sie würde sich dort durch die deutschsprachige Atmosphäre leichter ins Französische einleben; noch ahnten wir nicht, daß wir die nächsten Jahre auf einem fremden Kontinent leben und uns von einer fremden Sprache beherrschen lassen mußten, bis wir sie einigermaßen beherrschen lernten.

Zuck war nach Zürich gereist, um Besprechungen über sein Stück ›Bellman‹ zu führen, das im Zürcher Schauspielhaus aufgeführt werden sollte. Ich blieb mit Mucki in Chardonne und war zum erstenmal allein.

In Saas-Fee gab es im Jahre 1938 kaum Radioapparate, außer in den größeren Hotels. Zeitungen waren auch nicht immer zu bekommen, denn wenn etwas Interessantes geschah, waren sie bald ausverkauft. Und es geschah viel Interessantes. Wir bekamen auch auf geheimen Wegen Zeitungen zugeschickt. Wir konnten das Schreckliche stets erfahren.

Eins war sicher: die Völker des Ostens waren uneinig, wie zu den blühendsten Zeiten der österreichischen Monarchie. Der Westen war schwach und vertrauensselig.

Am 21. September waren wir zurückgekommen.

Am 22. September saß ich am Radio, das in Chardonne in einem kleinen Salon aufgestellt war und nur von denen abgehört wurde, die es hören wollten. Chamberlain war eine Woche früher in Berchtesgaden bei Hitler gewesen. Jetzt, am 22. September, war er nach Godesberg gereist, um Hitler wieder zu treffen. Chamberlain: »Der Friede ist mein Ziel.«

Am 26. September tönte Hitlers Stimme aus dem Sportpalast in Berlin: Abtretung des Sudetenlandes ist seine letzte Forderung.

29. September München. Teilnehmer: Hitler, Mussolini, Chamberlain, Daladier. Sudetenland wird Deutschland einverleibt. Hitler bekommt, was er will. Der Friede ist gerettet. »Peace for our time«, sagte Chamberlain.

In dieser Nacht hatten Schweizer Städte Verdunklungsübungen, am Genfer See heulten die Sirenen, den nächtlichen See entlang. Mucki fiel in das Sirenengeheul ein. Er verstummte erst, als die Sirenen verstummten.

Von nun an saß ich am Radio Tag und Nacht, wann immer das Radio lief... Soweit die deutsche Zunge reicht... Österreich – Sudetenland – Schweiz?

Ich hatte Angst.

Die Freundin meiner Mutter kam an aus Wien. Sie war ihre beste Freundin gewesen, sie hatte sie gehegt und gepflegt, wenn sie krank war, sie hatte mich gehegt und gepflegt seit meinem vierten Jahr.

Sie stieg aus dem Zug. Sie war schlank bis zur Magerkeit, ihr Gesicht jugendlich glatt, ihr Haar strahlte in hellstem Weiß, nur ihre gelbgrünen Augen blickten oft mürrisch drein, und ihr Mund war durch manche Verbitterung schmal geworden. Sie war früher einmal wohlhabend gewesen, jetzt lebte sie von einer Pension, war aber immer noch tadellos, fast elegant gekleidet.

Ein Träger übernahm ihren Koffer und ihre Reisetasche. Sie umarmte mich und sagte: »Ich bin verzweifelt, ich habe alles versucht, aber ich habe deinen Pelz nicht mitbringen dürfen. Sie haben die Bestätigung verlangt, daß der Pelz mir gehört. Dann hätten sie mir die Ausfuhr gegeben, aber eine Wiedereinfuhr verlangt. Vor zwei Monaten schon hab ich angefangen mit den Eingaben, aber die haben mich behandelt, wie wenn ich ein Flüchtling wär!« Sie stand vor mir und ballte die Fäuste.

»Reg dich nicht auf, Therese«, sagte ich und küßte sie. »Ich freu mich, daß du da bist.«

Als wir in der Drahtseilbahn hinauf zu unsrer Pension fuhren, sah sie nichts von den Bergen, dem See, den Gärten, den Weinbergen, sie hielt die Hände vors Gesicht.

»Der Pelz«, seufzte sie. »Ihr werdet ja doch einmal hinüberfahren nach Amerika. Zu Hause und nirgends mehr ist man sicher, wenn nicht ein ganzes Meer dazwischen liegt.«

»Wir gehen nicht nach Amerika«, sagte ich.

»Aber wenn ihr doch nach Amerika geht?« Sie seufzte wieder. »Du würdest mit dem Pelz ganz anders dastehen vor die Leut, bei der Ankunft in Amerika.«

In ihrem Zimmer stand schon ihr Koffer und ihre Reisetasche. Sie stellte den Koffer auf den Tisch, öffnete ihn aber nicht. Sie setzte sich auf einen Stuhl, zog aus ihrer Handtasche ein graues Lederetui und gab es mir in die Hand.

»Mach's auf«, sagte sie.

Ihre Perlenbrosche war darin, neun Perlen in einem ovalen Emailrahmen gefaßt, durch kleine glitzernde Blumenblättchen verbunden. Sie hatte die Brosche immer getragen, ich kannte sie seit meiner Kinderzeit. Sie stand auf, heftete mir die Brosche ans Kleid.

»Die gehört jetzt dir«, sagte sie, »damit du mich nicht vergißt.«

»Nein, Therese«, sagte ich. »Die darfst du mir nicht schenken, die ist zu viel wert.«

»Ich will's«, sagte sie. »Ich will's!« Sie holte ein Taschentuch heraus und trocknete meine und ihre Tränen ab. Dann öffnete sie ihren Koffer und begann, Kleider und Wäsche auszupacken, hängte und legte sie in Schrank und Kommode. Ich sah ihr zu, helfen ließ sie sich nie. Mucki saß in der Nähe des Bettes auf dem Boden, sie hatte noch kein Wort über seine Anwesenheit gesagt und übersah seine Gegenwart.

»Jetzt kommt was ganz Schönes für dich«, sagte sie.

Auf dem Grund des Koffers lag eine Tischdecke meiner Mutter mit vierundzwanzig Servietten.

»Ach«, sagte ich, »die hast du mir gebracht.«

»Im letzten Moment aus eurer Wohnung geholt, bevor die Nazis alles ausgeraubt haben.«

»Und die Manuskripte?« sagte ich.

»Die Manuskripte von deinem Mann?« Sie schüttelte den Kopf. »Dafür war's zu spät.«

Sie mußte meine Enttäuschung bemerkt haben, sie nahm die Tischdecke und breitete sie übers Bett aus. Die Decke war so lang, daß sie über die untere Bettlehne bis zum Boden hing. Therese stellte sich vors Bett auf. »Schön gestickte Hohlsäume, alles à jour«, sagte sie bewundernd, trat einen Schritt zurück und trat auf den Hund. Der schnappte sie. Sie schrie auf: »Das scheußliche Viech!« Sie drehte sich um, wagte aber nicht, mit dem Fuß nach ihm zu stoßen. »So was Niederträchtiges und Häßliches sollt's ja gar nicht geben auf der Welt.« Ich sah Muckis gesträubte Haare und seine Bereitschaft, zum zweiten Angriff überzugehen. Ich hob ihn rasch auf und brachte ihn in mein Zimmer.

Als ich zurückkam, hatte sie einen Verband an ihrem Knöchel.

»Hat er dir weh getan? Das tut mir leid«, sagte ich. »Aber sei ihm nicht bös. Er weiß nicht, was er tut.«

»Der weiß, was er tut«, sagte sie wütend. »Der ist ein Nazi, und ich könnte alle Nazi umbringen.«

»Du?« sagte ich erstaunt. »Wieso eigentlich? Du warst doch immer antisemitisch.«

»Das war in Friedenszeiten«, sagte sie. »Das ist schon lange her.«

»Du hast dich doch immer mit meiner Mutter gestritten.«

»Weil sie so viele jüdische Freundinnen und Freunde gehabt hat.«

»Du warst also eifersüchtig, Therese«, sagte ich.

»Red nicht so dumm und unverschämt daher«, sagte sie. Sie pflegte mich ihr Leben lang als Zehnjährige zu behandeln. »Ich war nicht eifersüchtig, ich nicht, aber deine Tante, die war eifersüchtig, und viel mehr war die. Die Schwestern haben sich bis aufs Blut gestritten wegen der Juden, und ich hab dir nie was sagen dürfen, deine Mutter hat's mir verboten.«

»Was hast du mir nicht sagen dürfen?« fragte ich.

»Daß deine Tante eine Nazi war.«

»Das weiß ich«, sagte ich.

Das Tischtuch lag noch immer ausgebreitet auf dem Bett. Ich setzte mich darauf. Sie sagte nichts. Sie sagte nicht: »Setz dich nicht aufs Tischtuch.« Sie stellte sich vor mir auf und sprach in großem Zorn: »Was der Hitler unsern Juden antut, dafür könnt ich ihn erschlagen. Hör zu: Wir haben zwei jüdische Parteien, also Wohnungsbesitzer, im Haus. Die haben niemandem was getan und sich mit niemandem gestritten. Aber gleich nach dem Einmarsch sind die Nazis ins Haus gekommen und haben sie ausgeplündert und geschlagen. Sie haben sie nicht gleich abgeführt, aber sie haben sie zusammengetrieben in die kleinere Wohnung, sieben Personen in zwei Zimmer, Küche, ohne Bad. Dann haben sie die Wohnung zugesperrt. Verhungert wären sie. Aber da waren vier anständige Parteien im Haus, mit denen hab ich ihnen das Essen gebracht, und die Hausmeisterin hat mit dem Nachschlüssel aufgesperrt.«

»Die Hausmeisterin?« fragte ich.

»Ja«, sagte sie. »Jede Nacht hat eine von uns ihnen das Essen gebracht. Auf Filzpantoffeln hat man sich einschleichen müssen, damit die Nazis im Haus nichts sehen und nichts hören, sonst wäre man angezeigt worden. Ja, und dann haben wir das Geld zusammengelegt für die Flucht, bevor's zu spät war.«

»Therese«, sagte ich. »Ist denn das alles möglich? Du bist doch immer so sparsam gewesen?«

»Geizig ist man nur in guten Zeiten«, sagte sie und fuhr fort: »Wir haben also das Geld zusammengebracht, und die Hausmeisterin hat einen Fischer gekannt an der alten Donau. In einer Nacht, wo's dunkel war, hat sie alle sieben, drei Kinder waren dabei, aus dem Haus und an die alte Donau gebracht – wie, das sagte sie nicht. Der Fischer hat sie dann Donau abwärts geführt, zu Verwandten, wo man sie nicht verhungern läßt und sie nicht erschlägt und wo sie auf ihre Auswanderung warten können. ›Sie sind angekommen‹, hat uns die Hausmeisterin gesagt.«

»Die Hausmeisterin«, sagte ich, »die hat das alles getan, die Hausmeisterin, vor der ich mich immer so gefürchtet hab'?«

»Die fürchtet sich vor nichts«, sagte sie.

Sie ging zu ihrem Koffer, schloß ihn und stellte ihn auf den Schrank.

»Wie geht es meinem Paten?« fragte ich.

Sie setzte sich neben mich aufs Bett, legte die Arme um mich und sagte: »Beim zweiten Mal ist es ihm gelungen.«

»Was ist ihm gelungen?« fragte ich.

»Sein Selbstmord«, sagte sie und begann, bitterlich zu weinen.

Ich löste mich aus ihren Armen und ging in mein Zimmer. Der Hund lag auf seiner Decke. Ich legte mich neben ihn auf den Boden und schaute ihn an. Er hob den Kopf.

»Weißt du«, sagte ich. »Er hat mir immer alles geschenkt, was ich mir gewünscht habe. Du warst sein letztes Geschenk. Ist das nicht komisch?«

Ich versuchte zu lachen, aber ich konnte weder lachen noch weinen.

XIII

Am 17. November 1938 war am Zürcher Schauspielhaus die Uraufführung des ›Bellman‹, eines Stükkes, das im März in Wien hätte aufgeführt werden sollen und auf der ersten Probe abgesetzt worden war als Folge des Einmarsches der deutschen Truppen in Österreich.

Am 15. November fuhren wir zu fünft nach Zürich in Pierre Pelots ›Pétroleuse‹. Die beiden Männer saßen vorne, Françoise Pelot, Winnetou, ich und Mucki quetschten uns auf die Hintersitze, deren Polsterung eher hart war. Der einzige, der weich und bequem saß, war Mucki. Er saß, wie immer, entweder auf meinem oder Winnetous Schoß. Wir hielten oft bei Gasthöfen, in denen die Männer einkehrten, während wir Hintersitzler ausstiegen und Turnbewegungen machten, um unsre steifen Glieder zu bewegen.

Winnetou war glücklich und fröhlich, ihr Wunsch war erfüllt worden. Ihr wurde auf drei Tage schulfrei gegeben, damit sie das Stück ihres Vaters sehen konnte. Sie war nicht zum ersten Mal im Theater, wir hatten beide Kinder ab 1935 zu den Salzburger Festspielen mitgenommen. Wir lebten seit Hitlers Machtergreifung auf Zeit. Wir spürten im Unterbewußtsein die Frist, die uns gesetzt war. Die fünf Jahre in Österreich waren ein Geschenk gewesen, das man nützen und genießen mußte, vor dem Ende. Als wir fühlten, daß die Zeit knapp wurde, kleideten wir die Kinder in lange, schöne, festliche Gewänder ein und nahmen sie mit in die Konzerte, in manche Oper, in manches Schauspiel. Ich dachte, mit einem Reisesack voll ungewöhnlicher Erinnerungen könne man die kommende Wanderschaft besser bestehen.

Der ›Bellman‹ wurde am Zürcher Schauspielhaus aufgeführt, an jener letzten deutschsprachigen Bühne, die hitlerfeindliche Autoren aufführte und eine Elite von hitlerfeindlichen Schauspielern beschäftigte und dennoch, wie durch ein Wunder, die sieben Jahre überlebte, bis zu Hitlers Tod.

Es war eine schöne Aufführung. Winnetou saß in ihrem blauseidenen Festspielkleid mit uns in der Loge des von uns sehr geliebten Hauses und summte Bellman-Lieder leise mit, die auf der Bühne gesungen wurden, manchmal mußte sie auf den Gang hinausgehen, weil sie von Husten geplagt war. Nach der Vorstellung fuhr uns Pierre zu der Zürcher Pension zurück, in der wir alle wohnten.

Mucki schlief, ich hatte ihn in eine alte Wolljacke von mir eingerollt, die ich mit Chanel No. 5 durchtränkte. Ich führte Mucki hinunter, hüllte ihn dann wieder ein, gab dem Kind einen Hustensaft und fuhr mit Pierre Pelot auf das Premierenfest, das bis zum Morgengrauen dauerte.

Es waren viele Freunde da, und trotz des Jubels und der Freude, die in dieser Nacht herrschten, mußte ich daran denken, ob, wann, wie und wo wir die Freunde wiedersehen würden.

Als wir in die Pension zurückkehrten, fanden wir Winnetou vor, erbrechend und von Husten geschüttelt, und der herbeigerufene Arzt stellte Keuchhusten fest. Ich rief in Winnetous Schule an. Mir wurde berichtet, daß zwei weitere Keuchhustenfälle bereits auf dem Wege in ein Kinderheim im Hochgebirge wären, das auf solche Fälle eingerichtet und mit den nötigen Pflegerinnen und Ärzten versehen war.

Auf der Rückreise von Zürich gaben wir Winnetou im Berner Oberland in dem Kinderheim ab, in dem sie zwei ihrer Schulkolleginnen vorfand.

Gleich nach unserer Rückkehr nach Chardonne begann ich zu husten. Zuck schickte mich, bevor er nach

London fuhr, zu einem Arzt. Ich tat es erst, als mich Erstickungsanfälle packten. Der Arzt stellte Keuchhusten fest und erklärte mir, daß das eine schlimme Erkrankung für Erwachsene sei. Ich solle mich sofort auf einen hohen Berggipfel in Schnee und Eis und Kälte begeben, das sei eine effektvolle Radikalkur.

Sie war es.

Pierre Pelot hatte überall Freunde und so auch einen auf den Rochers-de-Naye, der besaß das Hotel oben, das aber von Oktober bis Mai geschlossen war. Pierre gelang es, mir in dem großen, leeren Hotel ein ungeheiztes Zimmer zu verschaffen. Tagsüber konnte ich mich in einem kleinen, für mich geheizten Raum aufhalten, in den mir auch das Essen gebracht wurde. Die Hoteliersfamilie bewohnte eine kleine Wohnung in dem mächtigen Hotel, und es war ganz wenig Personal da, das samstags und sonntags, wenn Skiläufer kamen, heiße oder kalte Getränke servierte.

Ich nahm also einen Koffer und einen Rucksack, gefüllt mit einer Polarausrüstung für Mucki und mich, auf die Reise mit. Die Bahnfahrt von Vevey nach Montreux dauerte fünf Minuten, diejenige zur Endstation der Rochers-de-Naye anderthalb Stunden. Das Hotel lag fast 2000 Meter hoch.

Mucki und ich verabscheuten kalte Räume, aber ich wollte mich strikte an die Verordnung des Arztes halten. Ich lag in einem Polarforscheranzug im Bett, drei Decken über mir und ein Federbett. Zwischen der ersten und zweiten Decke legte ich Mucki als Wärmeflasche quer über mich. Meine Hustenanfälle erschütterten ihn zwar physisch, aber nicht psychisch. Ich hatte zum ersten Mal in dieser Eiswüste Stab und Stütze an dem Hund gefunden. Ich konnte ihm in den kalten

Nächten von meinen Paten erzählen. Es war gut, zu jemandem zu sprechen, der keine Antwort geben konnte.

Der Schnee vor dem Fenster war etwa fünf Meter hoch. Man konnte bequem aus dem Fenster steigen und auf einem festgetretenen Pfad bis zur Bergstation gehen. Mucki hatte ich in die warmen, absurden Farbwollmäntelchen gehüllt, die ihm die Tante gestrickt hatte, bestückte ihn mit dem messingbeschlagenen Zaumzeug und hielt ihn an der goldenen Leine fest. Dieses Fastnachtskostüm wagte ich ihm nur auf jener einsamen Höhe anzuziehen. Auf dem Schneepfad wanderten wir täglich eine Stunde vormittags, eine Stunde nachmittags hin und her und her und hin, nach ärztlicher Vorschrift.

Mucki wartete sehnsüchtig auf die Spaziergänge, denn sobald wir auf dem Pfad auftauchten, stürmten vier prachtvolle, weiße Pyrenäenhunde, so groß wie Kälber, auf Mucki zu, sprangen über ihn hinweg, liefen weiter. Er versuchte, ihnen zu folgen. Ich mußte ihn fest an der Leine halten, bis die mächtigen, weißen Riesen wieder zurückkamen, Mucki umkreisten und sich dann vor ihm niederlegten, die Köpfe auf ihren Pfoten. Sie beschnupperten und leckten ihn, als wäre er ein neugeborenes Junges.

Ich telephonierte täglich mit Winnetou. Sie litt noch immer an dem abscheulichen Erbrechen, das mir erspart geblieben war. Wir keuchten und husteten uns übers Telephon an und ergingen uns in Klage- und Trostgesängen. Nach jedem Gespräch reinigte ich die Telephonmuschel mit einem Desinfektionsmittel, um die Hoteliersfamilie, der ich ständig aus dem Weg gehen mußte, nicht mit Keimen zu schädigen.

Nach sieben Tagen schon begann mein Husten wegzusickern, nach zwölf Tagen jener Gewaltkur konnte ich zurück nach Chardonne.

Mucki hatte manchmal oben in den Bergen gehüstelt und hüstelte auch noch in Chardonne. Da ich mich aber erinnerte, daß sich meine Tante zwischen Herzleiden und Tuberkulose oft nicht entscheiden konnte, mußte Mucki, wenn sie dann doch zu Tuberkulose griff, längere Hustenperioden miterlebt haben. Daher nahm ich an, daß sein Hüsteln gewissermaßen als Sympathiekundgebung für meinen gewaltigen Husten galt, und machte mir keine Sorgen um seine Gesundheit.

Die Kinder kamen zu Weihnachten. Unsere Freunde Pelot machten es uns leicht, unsern vergangenen Weihnachtsfesten nicht zu sehr nachzutrauern und uns am Andersgearteten zu erfreuen.

Zu Silvester fiel wieder unser schwarzer Rabe ein mit unserm Freund Hans Müller. Es war gespenstisch, daß wieder Herr Schwarz mit uns zu Tische saß um Mitternacht. Aber diesmal war er guter Dinge, da Prophezeites geschehen war und der Untergang in greifbare Nähe rückte. Durch seine Vorahnungen mußte er so viel erlitten haben, daß er später den Selbstmord willkommen hieß.

Im Januar kam ein seltsamer Brief an, ohne Datum, mit der Überschrift: *Stockholm wo bekanntlich in Schweden*, ohne Interpunktion, ohne Anrede, aber mit dem Gruß beginnend:

Gelobt sei Jesus Christus und diese verdammte Schreibmaschine thut allerhand sonderbare Sachen und wass ich sagen wolte ist dieses... Bermann Fischers waren grade da... ich bin auf einige Zeit in Schweden denn wenn ich... wie jeztz geschehen sieben lange Jahre gesucht habe um etwas zu finden dass nicht zu finden war dann gehe ich immer nach Lappland denn in diese furchtbare Einsamkeit kommen die Gedanken... auch jetzt wider und jetzt kann ich nach Amerika zurueck gehen... ich habe gefunden was ich suchte aber Bermann Fischers waren bei uns und ich sagte daß ich das Theater gar nicht liebe... aber B.F. hatte mir ihr Bellman Buch gegeben und weil ich naechstes Jahr eine Bellmanausgabe fuer Amerika mache so dachte er ich sollte ihr Stueck lesen und ich sagte Ja aber ich lese sehr wenig Theaterstuecke aber es kamm ein Tag und da hatte ich sonst nichts zu lesen und so habe ich es doch gelesen und es machte so einen tiefen Eindruck daß ich nur weiter gelesen habe bis am Ende... und da dachte ich... ich habe einen Cousin L. in Amerika und der hat sehr viel Erfolg gehabt und er wuerde sich dafuer interessiren... mann muss es versuchen und ich fragte Bermann Fischer und der sagte... das waere eine sehr schoene Gedanke und so werde ich es L. schicken aber ich kann gar nichts versprechen nur werde ich sobald ich wieder zu Hause bin versuchen Jemanden zu finden um es auf unsere Buehne zu bringen wenn sie nichts dagegen haben und ich habe die Ehre ihnen einen guten Nacht zu wuenschen und recht herzlich zu danken fuer das sonderbar schoene Stueck denn wenn mann so alt ist wie ich und Alles schon gelesen hat dann ist mann immer recht dankbar wenn noch einmal etwas kommt und mann kann sagen »Gelobt sei Jesus Christus daß ich das noch habe lesen koennen.« Hendrik Willem van Loon.

Van Loon war uns kein Unbekannter. Er stand in hohem Ansehen als Schriftsteller und politischer Gegner Hitlers. Seine Bücher wurden in Millionen Auflagen in der ganzen Welt gelesen, und er war ein persönlicher Freund des Präsidenten Roosevelt. Es war keine Kleinigkeit, einen Brief von solch einem einflußreichen Mann zu bekommen, und es ließ unsre geheime Hoffnung keimen, es könnte doch vielleicht der ›Bellman‹ die Stufenleiter des Broadway erklimmen. Es kamen weitere Briefe von ihm, und die Hoffnung blühte auf.

Dann kam ein andrer Brief, der war aus London.

Zuck sagte: »Das ist ein Brief von Korda – wir wollen auf die Terrasse gehen.«

Die Terrasse des Hotels war der schönste Platz des Gartens. Über dem Genfer See drüben lag nur ein kleines Stück Schweiz, die zwei Orte Bouveret und die Hälfte von St. Gingolph, das übrige Ufer gehörte schon zu Frankreich. Da waren der Dent du Midi der Schweiz und die Savoyischen Alpen Frankreichs, und dann kam die Stelle nach Evian, an der nur mehr Wasser zu sehen war, gleich einem Meer.

Zuck sagte: »Korda hat mir einen Dreijahresvertrag geschickt. Es ist gut mit ihm zu arbeiten, aber er meint, es wäre besser für uns, nach London zu übersiedeln.«

»Ja«, sagte ich, »da wären wir in Sicherheit!«

»London ist eine schöne Stadt, ich bin gern dort.« Er schien über etwas nachzudenken und schwieg.

»Würden wir genug Geld haben, um ohne Sorgen zu leben?« fragte ich.

»Viel Geld«, sagte er. »Es ist ein generöses Angebot.« Und er schwieg wieder.

»Warum willst du nicht annehmen?« fragte ich.

Er antwortete nicht, und ich fragte beunruhigt: »Woran denkst du?«

»Hunde haben sechs Monate Quarantäne«, sagte er.

»Das habe ich vergessen«, sagte ich. »Sechs Monate in

einem Zwinger mit fremden Wärtern... Vier Tage kann er überleben, dann stirbt er.«

Am nächsten Tag schrieb Zuck an Dorothy Thompson und an Hendrik van Loon und bat jeden von ihnen um das Affidavit für die Einreise nach Amerika, das sie uns schon vorher herzlich und besorgt angeboten hatten.

Bei seinem nächsten Besuch in London erklärte er Korda, daß ein Stück von ihm in New York Chancen hätte, aufgeführt zu werden. Daher habe er sich für Amerika entschlossen. Den Hund erwähnte er nicht.

Wir ahnten damals nicht, daß wir durch diese Entscheidung den Bomben, die unser eigenes Volk über England abwarf, entgingen.

XIV

Drei Wochen nach Hitlers Einmarsch in Prag am 15. März 1939 bekamen wir das Affidavit von Dorothy Thompson mit einem Brief: »What is next?« Und das meinte: ›Wer wird als nächster erledigt?‹

Eine Woche später hatten wir das Affidavit von Hendrik van Loon.

Dorothy kannte ich seit Anfang des Jahres 1920, als sie mit einer Menge amerikanischer Kleider in Wien angekommen war, die sie ihrer Freundin, der großen Persönlichkeit und Pädagogin Genia Schwarzwald, zur Weiterverteilung schenkte. In Wien hatte man sich zu dieser Zeit noch keineswegs von den Folgen des Ersten Weltkrieges erholt, und Geschenke aller Art aus dem Ausland waren notwendig und willkommen. An mich geriet damals ein rosa Sommerkleid, das war das erste Kleid, das ich von Dorothy trug.

Ab 1941, als meine aus Europa mitgebrachte Garderobe anfing, schäbig zu werden, bekam ich von Dorothy nach und nach acht abgelegte Kleider geschenkt von ausgezeichneter Qualität und in erstklassigen Salons gearbeitet. Wir gehörten nicht zu den Armen, die sich schämten, Geschenke anzunehmen.

Das erste Zusammentreffen von Zuck und ihr fand in Berlin statt, als sie von ihrer Freundin Genia Schwarzwald, die gerade in Berlin zu Besuch war, zu einer Premiere ›mitgeschleppt‹ wurde, wie sich Dorothy ausdrückte.

Dorothy erzählte und beschrieb diese Begegnung folgendermaßen: »›Ich muß gehen‹, sagte meine Freundin. ›Der Autor hat gerade einen Schützling von mir geheiratet. Die Heirat ist eine Katastrophe. Er ist ein verrückter Kerl. Manche Leute sagen, er hat Talent, ich bezweifle es. Sie nagen am Hungertuch. Das Stück wird wahrscheinlich ein ungeheurer Mißerfolg werden, aber um Litzies willen muß ich hingehen.‹ Litzie war die unglückliche junge Frau, die den verrückten Kerl geheiratet hatte. Wir saßen in einer Loge. Das Haus war voll von Publikum, das man immer auf Berliner Premieren sah. Ich liebte meine Freundin, nur darum hatte ich ihre Einladung angenommen, und so kam ich zur Premiere des ›Fröhlichen Weinberg‹. Der ›Fröhliche Weinberg‹ war mehr als ein Stück, es war eine Orgie von Sonne, Herbst, Liebe, Sinnlichkeit, Zartheit und gargantuesker Heiterkeit... Ich war verrückt glücklich. Das ist meine Erinnerung an den Abend.

Hinterher traf ich beide Partner der ›Mésalliance‹. Drei Stunden, bevor ich ihn kennenlernte, war er ein bemerkenswert verarmter Autor gewesen. Aber wenige Augenblicke, bevor er mir vorgestellt wurde, war er bereits berühmt und unmäßig erfolgreich geworden. Wir lebten in zwei Welten, die Zuckmayers und ich, sie in der Welt des Theaters und der deutschen Literatur, ich in der Welt der Journalisten, der Politiker, der Diplomatie... Aber wir wurden Freunde, die sich hier und da und dann und wann trafen. Das, was mich mit Carl verband, war Lachen. Wann immer ich an ihn denke, muß ich lachen. Nicht, daß er komisch wäre – obwohl er sehr komisch sein kann –, aber dieses Lachen scheint die Essenz seines Wesens zu sein.«

1936 vor Weihnachten war Dorothy zu uns nach Henndorf gekommen in unsre Mühle. Sie saß im Zug, und in Salzburg fiel es ihr plötzlich ein, auszusteigen, »weil es ein herrlicher Wintertag war, die Stadt unter dem neugefallenen Schnee glitzerte, und ich mir wünschte, mit Zuckmayers zu lachen«.

Das also war Dorothy. Wir freuten uns darauf, sie wiederzusehen. Sie war ein Lichtblick in unsrer dunklen, ungewissen Zukunft in der unbekannten Neuen Welt.

Bis zur großen Reise übers Meer hatten wir uns tagsüber mit Behörden zu beschäftigen: Ausreise aus der Schweiz mit der Möglichkeit der Wiederkehr, Einreise in die Vereinigten Staaten, Durchreise durch Frankreich und Holland, Pockenimpfung und Gesundheitszeugnis für Mucki. Zuletzt besorgten wir die Schiffskarten.

Abends waren wir mit dem Abschied von den aus allen Ländern herbeigereisten Freunden beschäftigt. Manche davon haben wir nicht mehr wiedergesehen.

Unsre erste Station war Paris. Wir wohnten in einem billigen, hübschen Hotel an der Seine. Unser Zimmer hatte unseligerweise einen großen, weißen Teppich. Wir blieben fünf Tage in Paris, und da sich Mucki dort nicht zu Hause fühlte, mußten wir ihn überall mitnehmen. Winnetou blieb im Hotel und ging früh schlafen.

Franz Werfel und seine Frau Alma Mahler-Werfel waren in Paris. Sie luden uns in eines der besten Restaurants ein. Wir machten sie darauf aufmerksam, daß wir unsern Hund mitbringen müßten.

»Das macht nichts«, sagte Werfel, der Mucki nie gesehen hatte. »Die sind dort die größten, edelsten und schönsten Hunde gewöhnt.«

Ich zuckte zusammen, und Zuck lachte.

Ich schämte mich, als wir mit Mucki durch das Restaurant gehen mußten. Bald darauf kamen Werfels, da hatte ich den Hund schon unter dem Tisch versteckt.

»Ihr seid also endgültig entschlossen, nach Amerika auszuwandern?« fragte Werfel.

»Wir haben ein Visitor Visum«, sagte Zuck, »ein Besucher-Visum und eine Rückkehrzusage in die Schweiz, falls das dann noch einen Sinn hat.«

»Vielleicht wird ein Stück von ihm aufgeführt«, sagte ich, »drüben in New York.«

»Ich war in New York und Amerika«, sagte Alma, »ich war lange mit Mahler drüben, er hat viel Erfolg gehabt. Aber wenn man schon nicht mehr in Wien sein kann, dann bleib ich lieber in Frankreich.«

»Hast du keine Angst, in Europa zu bleiben?« fragte ich sie.

»Angst kenn ich nicht!« sagte Alma.

»Ich weiß« – ich lachte –, »das Fürchten hast du nie gelernt.«

Sie zeigte auch keine Furcht, als sie anderthalb Jahre später auf ihrer abenteuerlichen Flucht vor den Nazis, die Werfel als ›Tour de France‹ bezeichnete, durch halb Frankreich über die Pyrenäen nach Spanien fliehen mußten, um das amerikanische Schiff zu erreichen, das sie, durch Minen und Unterseeboote gefährdet, nach Amerika brachte.

Die herrlichen Speisen – Zuck und ich nahmen im Geiste Abschied von Frankreichs Grande Cuisine – wurden von einem älteren, distinguierten Kellner serviert. Er stellte einen fünften Stuhl neben den meinen, und zu meinem Entsetzen beugte er sich nieder, holte Mucki unter dem Tisch hervor und setzte ihn auf den samtgepolsterten Stuhl neben mich.

»Quelque chose légère?« fragte der Kellner.

»Ja, etwas Leichtes«, sagte ich auf französisch.

»Un peu de veau haché avec du foie de volaille?« fragte er, »pour la petite mignonne?«

»Bien«, sagte ich nonchalant, als ob einem wertvollen King-Charles-Hund serviert würde, »also gehacktes Kalbfleisch mit Hühnerleber.«

Mucki saß neben mir, schnupperte und stieß leise Betteltöne aus.

Werfel betrachtete ihn lange und nachdenklich: »Wenn man diesen Hund anschaut – er ist häßlich bis zur Vollkommenheit. Wie ein Wasserspeier von Notre-Dame.«

Alma fragte: »Wieso habt ihr so was mitgenommen auf die Flucht vor den Nazis?«

»Der ist selber ein Nazi«, sagte ich.

Sie lachten gewaltig über unsre Erbschaft und den abstrusen Hund. Mucki knurrte. Mucki wußte immer, wenn von ihm die Rede war, und pflegte leise Töne auszustoßen, wenn man ihm Anerkennung zollte, und knurrte, wenn Abträgliches über ihn gesagt oder gar gelacht wurde. Wir tranken Champagner. Alma und wir viel, Franz wenig.

Werfel, der einzig Nüchterne unter uns, sagte plötzlich mit tiefer, besorgter Stimme: »Verzeiht mir, wenn ich euch frage: habt ihr das Gerücht gehört von eurer Ausbürgerung aus Deutschland?«

»Ja«, sagte Zuck, »das Gerücht haben wir gehört, aber die Behörden haben uns nicht davon verständigt.«

»Drum wird es auch nicht wahr sein«, sagte ich, »die Nazi-Behörden kennen doch die Adresse jedes einzelnen im Ausland, sie hätten uns mit Vergnügen davon verständigt, und unsre deutschen Freunde, die bei uns waren, haben nicht davon gesprochen.«

Wir wußten nicht, daß sie es uns verschwiegen hatten, um uns vor der Überfahrt keine Angst einzujagen.

Werfel begann nun auch Champagner zu trinken, und nach kurzer Zeit waren wir sehr glücklich und baten uns gegenseitig um Verzeihung dafür, daß Franz die Ausbürgerung erwähnt und wir die Weisheit ihres Entschlusses, des Refugium in Frankreich aufzuschlagen, angezweifelt hatten. Wir Illusionsbedürftige sprachen nur mehr von Höherem, unsre Gläser klangen, wir beteuerten uns unsre Freundschaft und Liebe.

Mucki war nach der erlesenen Kost und der zärtlichen Bedienung durch den Kellner so übermütig geworden, daß er, als wir endlich um zwei Uhr nachts auf der Straße standen, sich weigerte, uns ins Hotel zu folgen. Ich ermahnte ihn zuerst mit Worten, unsre Richtung einzuschlagen, und als das nicht half, zerrte ich ihn an seiner Leine. Würgen konnte man ihn nicht, da er ein Bauchgeschirr trug. Wir standen auf den Champs-Elysées unter den Bäumen, Mucki stemmte sich mit allen vier Füßen in den Kies und kläffte.

Da trat plötzlich eine Dame hinter einem Baum hervor, die das Schauspiel beobachtet haben mußte, schritt auf uns zu und rief empört: »Ne voyez-vous pas... Sehen Sie nicht, daß der arme Hund blind ist!«

»Certainement, Madame, wir wissen es«, versicherte ich erschreckt und höflich.

Ich ließ die Leine locker, aber Mucki zog daran, bis sie wieder straff wurde.

»Hören Sie auf!« schrie die Dame laut und böse. »Wie können Sie einen alten, blinden Hund so malträtieren! Das ist ja ein Fall für den Tierschutzverein.«

Mucki, durch ihr Schreien angeregt, zerrte nun voller Lust an der Leine und knurrte dazu.

»Lassen Sie den Hund sofort los« – sie machte eine drohende Gebärde und rief mit schriller Stimme: »Polizei – Polizei!«

Jegliche Behörde erzeugte in jener Zeit eine panische Angst in uns. Ich hob den Mucki rasch auf, wir flohen mit ihm, wir liefen wie ertappte Diebe, bis wir in unserm Hotel angekommen waren. Im Lift keuchte ich noch und sagte: »Verzögerung der Ausreise wegen Polizei – das Schiff versäumen, das hätte uns gefehlt.«

Drei Tage später fuhren wir nach Rotterdam.

Wir waren bis zur Abreise unauffällige Gäste in unserm Hotel gewesen, aber eine halbe Stunde vor unsrer Abfahrt fiel es Mucki ein, seine ganzen Vorräte an Wassern auf den weißen Teppich fließen zu lassen. Das Zimmermädchen rief den Besitzer, der eine beträchtliche Summe für die Reinigung verlangte.

In Rotterdam zog ich – nachdem wir Zoll und Paßkontrolle passiert hatten – einen weiten, alten Trenchcoat von Zuck an, versteckte Mucki an meiner Brust und ging mit ihm zur Schiffstreppe. Ich mußte höllisch aufpassen, daß Mucki nicht tiefer rutschte und das Schiffspersonal mich für schwanger halten konnte. Das hätte unsre Reise in Frage gestellt, denn Kinder, in England oder Amerika geboren, werden automatisch Staatsbürger dieser Länder, worüber diese Länder nicht immer glücklich sind; daher führen sie eine gewisse Kontrolle weiblicher, der Schwangerschaft verdächtiger Personen ein.

Gegen meine ungewöhnliche Oberweite war nichts einzuwenden, und ich eilte zu unsrer Kabine, um Mucki dort möglichst bald aus dem Mantel zu entfernen. Zuck war mit Winnetou oben auf dem Deck, um die Abfahrt des Schiffes mitzuerleben: das Heulen der Schiffssirene, die Musik, das Lösen der Anker, die winkenden Leute.

Mir war sehr ernst zu Mute. Ich setzte Mucki auf mein Bett und sprach zu ihm: »Mucki, hör zu: deinetwegen haben wir London aufgegeben, drei Jahre gesicherter Existenz, dafür hast du uns in Paris fast die Polizei auf den Hals gehetzt, und im Hotel haben wir den Teppich zahlen müssen. Wir verstecken dich hier in unsrer Kabine, damit du nicht zu fremden Hunden in den Schiffszwinger mußt, damit du bei uns bleiben kannst. Du darfst also nicht bellen!« Ich hob ihn hoch, trug ihn ins Badezimmer und legte Zeitungspapier in eine Ecke. »Siehst du, nur da darfst du dein Geschäft erledigen. Niemand darf dich sehen und hören, du bist eingeschmuggelt, du bist ein blinder Passagier. Hast du mich verstanden?«

Die Schiffsmaschinen stampften, das Wasser rauschte, der Boden der Kabine schwankte, hob und senkte sich. Ich sah Mucki an, er rollte die Augen, verzerrte sein Maul und kotzte.

Die kleine, holländische ›Zaandam‹ hatte nur eine Klasse. Sie war ein schmuckes, blitzsauberes Schiff. Wir hatten eine Außenkabine zu dritt. Winnetou schlief über mir, Zuck in einem Einzelbett. Das kleine Badezimmer, das dazu gehörte, war unser Glück.

Wir hatten auch Glück, daß die amerikanische Schauspielerin Peggy Wood an Bord war, die die Hauptrolle im ›Bellman‹ spielen wollte. Sie war mit dem Kapitän des Schiffes befreundet, daher wurden wir an den Kapitänstisch gesetzt.

Schon am ersten Tag stellte sich heraus daß der Kapitän leidenschaftlicher Ornithologe war. Bei den folgenden Mittag- und Abendessen führten der Kapitän und Zuck lange, gute Gespräche über Flugrichtung, Flughöhe und Fluggeschwindigkeit der Goldregenpfeifer.

Peggy Wood unterhielt sich mit mir über den ›Bellman‹. Sie konnte ein wenig deutsch, während mein Englisch, das ich bis zu einem gewissen Grad zu beherrschen glaubte, und das geschult war an Shakespeare, Milton, Dickens, Swift, Byron, Keats etc., sich als ziemlich unbrauchbar für den täglichen Umgang mit Amerikanern herausstellte. Ich vermied es also, mit dem amerikanischen Ehepaar an unserm Tisch zu reden, das ohnehin sehr schweigsam war, und wandte mich mehr den Holländern zu, die deutsch sprachen. Winnetou saß nicht an unserm Tisch, sie mußte in einer früheren Serie essen, um zu Mucki zurückzueilen, den man keine Minute allein lassen konnte.

Der Kapitän und Peggy Wood stellten für uns Schutz und Schirm dar während der stürmischen Tage, die wir in unsrer Kabine erlebten.

Wir fuhren zum ersten Mal über den Ozean. Wir wurden nicht seekrank, obwohl uns alle Voraussetzungen dafür geboten wurden.

Geboten wurden sie von Mucki, der über alle Maßen

seekrank wurde. Ich und Winnetou lebten mit Mucki im Badezimmer, ich übernahm die Nachtwache, ich saß nachts neben ihm auf dem Boden, hielt ihm den Kopf und sprach ihm Trost zu. Winnetou erschien frühmorgens und half, alles zu entfernen und wegzuwischen, was aus Muckis sämtlichen Öffnungen entströmt war. Da der Baderaum ohne Luke war und der Entlüfter den üblen Geruch nicht rasch genug entfernen konnte, verwendeten wir billiges Parfum, das wir auf Boden und Wände spritzten.

Am zweiten Morgen kam Zuck vom Duschen in die Kabine, er war ohnehin gereizt, weil wir ihm vier Taschentücher und eine Unterhose zum Aufwischen entwendet hatten, und schrie uns an: »Die Scheiße ist mir lieber als euer stinkiges Parfum!«

Wir vergossen kein Parfum mehr, und am nächsten Tag meldete die aufräumende Stewardeß ihrer zuständigen Stelle, daß in unserm Badezimmer ein unerträglicher Geruch herrsche, der jedermann seekrank machen müsse. Ja, sie steigerte sich in ihrem Abscheu in die Vermutung hinein, wir würden einen toten Hund verstekken, es röche nach Tierleiche.

Ich lief zu Peggy Wood, ich war von den Nachtwachen zermürbt und verstört, und berichtete ihr, daß wir unsern alten Hund aufs Schiff geschmuggelt hätten und in unserm Badezimmer versteckt hielten.

»Er ist so seekrank, daß er dem Tod nahe ist«, sagte ich. »Wenn man uns zwingt, ihn in dem Hundezwinger abzuliefern, ist das sein Ende.«

Peggy ging zum Kapitän, der bewilligte den Aufenthalt des Hundes in unsrer Kabine unter der Bedingung, daß wir Abhilfe schaffen müßten.

Die Überquerung des Ozeans dauerte noch acht Tage

– wie sollte ich Abhilfe schaffen? Zuck und Winnetou waren an Deck im Sonnenschein. Ich war allein. Ich legte mich erschöpft auf mein Bett.

Es war ein schöner Tag, das Meer war still. Durch die geöffnete Luke der Kabine strömte Licht und salzige Meeresluft. Ich war ganz wach und grübelte. Und wieder fiel mir die Tante ein. Mir kam der süße, schwere Rotwein in den Sinn, den sie mir oft angeboten hatte. Dann sah ich den Weg vor mir nach Saas-Fee über die hohe Stiege, ich sah den trunkenen Hund in meinen Armen. Und plötzlich kam die Erkenntnis der Zusammenhänge über mich: die Tante mußte den schweren Wein mit ihm geteilt haben, damit sie ungestört Konzerten oder nationalsozialistischen Versammlungen beiwohnen konnte.

Ich sprang auf, lief zur Schiffsbar, kaufte eine Flasche Malaga, lief damit zurück zu Mucki. Ich erwärmte Trinkwasser auf dem kleinen Spirituskocher, den wir mitgenommen hatten, tat Schokolade hinein, um sie aufzulösen, und bereitete in seiner Schüssel ein Gemisch von flüssiger Schokolade und Malaga zu.

Mucki lag apathisch auf seiner Decke, ich stellte die Schüssel vor ihn hin, aber er konnte den Kopf kaum heben und sich nicht aufrichten. Ich hob ihn soweit hoch, daß er seine Schnauze in die flache Schale senken konnte. Er begann zu schnuppern, dann tauchte er sein Maul in die Flüssigkeit und schlürfte das Getränk in sich ein. Er fiel zur Seite, und bald schlief er ein.

Von nun an bekam er täglich ein paar Stücke gekochtes oder gebratenes Fleisch, das ich mittags bei Tisch von meinem Teller weg in eine Tüte verschwinden ließ und in die Kabine mitnahm. Ich zerkleinerte und mischte das Fleisch mit gewärmtem Malaga.

Der Erfolg war verblüffend. Mucki schwankte zwar im gleichen Rhythmus mit dem Schiff, aber wenn ich ihm abends noch etwas mehr Malaga in sein Honig- und Schokoladenwasser mischte, schlief er so fest ein, daß ich ihn bald unbesorgt in die Kabine nehmen und zu Füßen meines Kajütenbettes herbergen konnte. Wir hörten froh und zufrieden seinem tiefen Schnarchen zu. Ich aber lag noch lange wach und mußte über die Malaga-Kur nachdenken.

Am nächsten Morgen ging ich zum Wärter des Hundezwingers und sah mir den Wolfshund, das Windspiel, den Dackel und den Spaniel an und fragte, ob keiner seekrank wäre. Der Wärter zwinkerte mit den Augen, lachte und sagte: »Whisky mit Tee hilft Mensch und Tier.«

Sicher wäre all diesen schönen Hunden speiübel geworden, wenn man ihnen süßen Malaga verabreicht hätte, und mir wurde auf dieser Schiffsreise zum ersten Mal klar, wie das sonderbare Reagieren und Verhalten des Mucki zu erklären war: er fühlte sich zeitlebens unlösbar mit der Tante verbunden, und jegliche Erinnerung an sie verlieh ihm Lebensfreude und Gesundheit. Es kam mir zum Bewußtsein, daß sein Leben davon abhing, wie weit er mich mit der Tante identifizieren konnte. Diese Erkenntnis war gespenstisch.

Ich sagte Zuck kein Wort von der Malaga-Kur, er war ein verhinderter Zoologe und mißbilligte ohnehin die unfachgemäße Ernährung des Mucki und seine Überfütterung mit Süßigkeiten. Er wunderte sich über die Flasche Malaga, die in der Kabine stand, und fragte mich: »Seit wann trinkst du das klebrige, süße Zeug? Pfui Deibel.«

Ich nahm die Beschuldigung schweigend hin.

Es war eine lange Fahrt, wenig stürmisch zur Enttäuschung der Winnetou. Sie fragte den Kapitän, wann immer sie ihn sah, ob kein Sturm aufkäme. Er antwortete: »Vorläufig nicht«, tröstete sie aber zugleich: »Bald kommen die Eisberge, sie bedeuten eine große Gefahr für Schiffe.« Er erzählte ihr von dem englischen Schiff ›Titanic‹, das vor 27 Jahren auf einen Eisberg aufgefahren war. Sie liebte es, wenn nachts die Schiffssirene zu hören war. Dann wußte sie, daß die Eisberge umschifft wurden. Ich mußte ihr vor dem Einschlafen immer wieder die Einzelheiten von dem entsetzlichen Untergang der ›Titanic‹ erzählen, damit sie ruhig schlafen konnte. Es war merkwürdig, daß das Kind mit Katastrophengeschichten und der Hund mit Alkohol betäubt werden wollten.

Wir erwähnten mit keinem Wort den Brief von unserm Freund Franz Horch, den Zuck in seiner Mappe verschlossen hielt. Wir kannten jedes Wort dieses Briefes, wir wußten, in welcher Gefahr wir uns befanden. Wir konnten nichts tun, als abzuwarten und zu schweigen. Es ist gut in solcher Lage, nichts auszusprechen und die Worte der Angst für sich zu behalten.

Wir hatten bei Abfahrt des Schiffes von Rotterdam viel Post in unsrer Kabine vorgefunden. Unter diesen Briefen befand sich der Brief von Horch, der schon ein Jahr zuvor in New York angekommen war und sich dort etabliert hatte.

Er schrieb:

Im deutschem Reichsverordnungsblatt steht, daß ihr und das Kind ausgebürgert worden seid. Wißt Ihr, was das bedeutet? Eure Pässe sind ungültig. Das amerikanische Immigration Office hat selbstverständlich Eure Ausbürgerung erfahren. Ihr werdet monatelang im Ge-

fängnis von Ellis Island sitzen und abwarten müssen, ob man Euch in die Vereinigten Staaten aufnimmt. Das kommt alles von Eurem bodenlosen Leichtsinn, Ihr und Werfels wolltet ja nicht auf mich hören, Ihr wolltet keine ordentlichen Einwanderer auf Immigration-Visum werden. Jetzt steht Eure Sache schlecht: Nur Dorothy Thompson, Hendrik van Loon und der Präsident der Vereinigten Staaten können Euch retten –

Euer armer Franz

Wir warteten voll tiefer Besorgnis, aber nicht ohne Hoffnung auf die Errettung durch die Drei Könige.

Ich wandte mich in diesen Tagen des Abwartens immer wieder den Briefen zu, die von den Eltern und Freunden an uns gerichtet waren. Sie beglückwünschten uns zur Fahrt in ein freies Land. Sie sprachen sich selbst Mut zu, um die Trennung ertragen zu können.

In manchen Briefen schien der Abschied endgültig zu sein. Wir fühlten uns wie Abgeschiedene, die, von den Segenswünschen der Hinterbliebenen begleitet, über das große Wasser hinüberglitten zu den Inseln der Seligen.

Drei Tage vor der Ankunft in New York erhielten wir ein Kabel: »Erwarte euch als Gäste in meiner Wohnung, 88 Central Park West. Laßt alle Gepäckstücke auf meine Adresse umschreiben.« Was das bedeutete, begriffen wir noch nicht in vollem Umfang. Wir wußten zwar, daß Dorothy Thompson eine steile Karriere gemacht hatte. Aber wir wußten nicht, daß sie zur Zeit unserer Ankunft die höchste Stufenleiter erklommen hatte. Das erfaßten wir erst, als wir von dem Immigration Officer angerufen wurden. Wir zitterten, als wir vor ihm standen. Wir hörten auf zu zittern, als er sagte:

»Sie sind Gäste von Dorothy Thompson, das ist allerhand!« Beim Stempeln unserer Papiere sah er uns einen Augenblick nachdenklich an, als ob er meinte, wir könnten vielleicht auch Prominente sein, dann sagte er: »Okay, everything all right. Sie haben eine besondere Empfehlung von Präsident Roosevelt. Sie können sofort an Land gehen.«

Um ½ 4 Uhr früh waren wir aufgestanden. Das Schiff landete um 5 Uhr früh in Hoboken, einem Hafen gegenüber Manhattan.

Wir sahen eine Menge Leute am Pier, und über ihnen ragte eine Riesengestalt, wie Gulliver bei den Zwergen. Sie machte den Eindruck, als ob die Freiheitsstatue lebendig geworden wäre, um uns zu begrüßen. Unser stämmiger, mittelgroßer Freund Franz Horch, der neben dieser Gestalt winzig wirkte, winkte und deutete auf uns.

Als die Landungsbrücke heruntergelassen wurde, gingen wir mit Mucki, ohne ihn verbergen zu müssen, über die Treppe.

Da wandelte der Riese auf uns zu, schüttelte Zuck und Winnetou die Hände. Ich konnte nur mit dem Kopf nicken, da ich Mucki in den Armen hielt. Der Riese sagte, er sei van Loon, und er sei gekommen, damit uns nichts Böses widerfahren sollte.

»Amerika ist ein schönes Land«, sagte er. »Jeder soll hier gut ankommen, auch wenn er ungültige Papiere hat. Und darum bin ich verdammt nochmal um halb drei Uhr früh aufgestanden und anderthalb Stunden im Auto hierhergefahren.«

Gleichzeitig hefteten sich seine Augen fasziniert auf Mucki. »Ihr habt eine wunderbar schöne Hund mitgebracht...«

»Er heißt Mucki«, sagte ich.

»Mucki«, sagte er zärtlich, nahm ihn mir aus den Armen und legte ihn an seine Brust. »Du bist eine liebe, gute Hund, und weil du blind bist, viel gescheiter wie andere Hunde.«

Er ging mit ihm zum Zoll, stellte dort Mucki auf den Tisch, um ihn verzollen zu lassen.

Ich überreichte dem Zollbeamten Muckis Papiere. Sie fanden darin ›Bastard‹ und übergaben mir einen Schein, auf dem stand: »Dog of no value«.

Glücklicherweise zeigte ich van Loon diesen Schein erst, als wir in seinem großen Wagen saßen. Er bekam einen Zornesausbruch. »Hund ohne Wert«, schrie er. »Wissen die, was wert ist.«

Mit van Loon fuhren der Hund, Winnetou und ich. Zuck hatte vorgezogen, in Horchs Begleitung mit der Fähre und dem Autobus in die fremde Stadt zu fahren.

Van Loon saß neben seinem Chauffeur und hielt Mucki auf dem Schoß, streichelte und liebkoste ihn. Mucki gelang es, sich aufzurichten und van Loon am Hals zu lecken.

Ich legte mich auf den Boden des Autos, um die Gipfel der Wolkenkratzer zu sehen, und rief dem Liebespaar van Loon und Mucki Worte der Begeisterung zu.

»Eine Frau kommt in New York an und wirft sich auf den Boden, um die Wolkenkratzer anzubeten«, sagte van Loon und lachte zufrieden.

XV

Es war herrlich, anzukommen in einem neuen Land, in einer Stadt, die aus Matterhörnern bestand. Es war ein Glück und ein guter Anfang, in einer prächtigen Wohnung zu wohnen und von einer mütterlichen Schottin gehegt und gepflegt zu werden. Es war eine Freude, aus den Fenstern zu schauen auf einen unendlichen Park mit hohen Bäumen, Teichen, Reitwegen und schmalen Straßen, auf denen Pferdekutschen fuhren.

Selbst die erste Hitzewelle war für uns eine Sensation. Die schottische Haushälterin hatte mir gleich bei Ankunft den Rat gegeben: »Lassen Sie alle Seidenkleider, Blusen und Wäsche und alles, was aus Seide ist, in Ihrem Koffer. Die würden Ihnen am Leibe kleben bleiben. Tragen Sie nur Leinen und Baumwolle. Die schützen vor der Hitze.«

Als die Hitze über uns kam, war es, als würde man tagsüber in einer Sauna leben, und nachtsüber stand die Luft vor dem Fenster, als ob sie einem Dampfkessel entströmte. Wir standen Tag und Nacht unter der Dusche in Abständen von zwei bis vier Stunden.

Mucki schien sich in einen Tropenhund verwandelt zu haben. Er rang nicht nach Luft, er keuchte nicht, er trank viel Honigwasser, dem Emily, die Schottin, ein wenig Salz beifügte. Sie fütterte Mucki mit grünen, durchsichtigen Pastillen, die Mucki vor sich herschob und ableckte, bis nichts mehr von ihnen da war.

»Gesunde Lutschbonbons gegen die Hitze«, sagte Emily.

Sie behütete Mucki, wenn wir fortgingen.

Und wir gingen viel fort.

Unentwegt waren wir eingeladen, wurden in der Stadt umhergefahren und umhergeführt, begrüßt von Freunden, willkommen geheißen von fremden Amerikanern. Alles war so neu und wunderbar fremd, daß ich mich dabei ertappte, tage- und nächtelang Europa vergessen zu haben.

Eine Woche nach unsrer Ankunft kam ein Telegramm: ›Einlade Mucki fürs Wochenende Samstag bis Montag. Ihr dürft ihn begleiten. Hendrik Willem van Loon.‹

Es folgte ein Brief: ›Am Samstag fahren Sie ab Grand Central Station um 11 Uhr nach Stamford, wo die K. u. K. Herrschaften abgeholt werden. Es wird sehr heiß sein, bringet Muckis Badeanzug mit.‹

Van Loons Haus war holländisch, die Landschaft war holländisch, das Haus hieß Nieuw Veere und stand in Old Greenwich im Staat Connecticut. Van Loons Gattin, Frau Jimmy, obwohl Amerikanerin, paßte ganz und gar zu ihm. Es war wie ein Tag in Holland, mit holländischen Speisen, und durch die Fenster konnte man die flache holländische Meeresbucht sehen.

Es wurde viel von Politik gesprochen, van Loon verabscheute Hitler mit apokalyptischem Haß, lange bevor Hitler in Holland eingefallen war und van Loons Heimatstadt Rotterdam zerstört hatte. Er wetterte gegen jene Amerikaner, die die Hitlergefahr nicht erkennen wollten, die ihm Anerkennung und Bewunderung zollten, weil Hitler ein erfolgreicher Mann war.

Mucki saß während dieser Gespräche auf van Loons Schoß und wurde von ihm mit holländischen Leckerbissen gefüttert.

Einige Tage später kam Dorothy aus Hollywood auf ein paar Stunden nach New York, um mit ihren drei Sekretärinnen zu arbeiten, und fuhr dann mit dem Mitternachtszug nach Vermont.

Dorothy lud uns in ein erstklassiges, amerikanisches Lokal zum Abendessen ein, wohl mit der Absicht, uns zu beweisen, daß amerikanische Porterhouse Steaks unübertrefflich seien. Sie waren es.

»Ich habe für euch ein kleines Haus in Barnard gemietet«, sagte sie. »Dienstag in einer Woche hole ich euch in Windsor ab und fahre euch dann die schönste Strecke nach Barnard.«

In New York waren wir gar nicht zur Besinnung gekommen und waren von einem Begeisterungstaumel befallen worden.

Auf der Fahrt von Windsor nach Barnard wurden wir ganz ruhig. Wir fuhren, so erschien es uns, durch die österreichischen Voralpen. Wir glaubten, salzburgisches, oberösterreichisches, steirisches Land zu erkennen, manchmal einen Zipfel von Henndorf. Alles war uns vertraut. Die Häuser, die Kirchen, die Farmen waren anders, und später erkannten wir, daß alles anders war, aber da hatten wir schon gelernt, das Anders-Sein zu verstehen und zu lieben. Jene erste Reise in Vermont aber war eine Rückreise in die Vergangenheit, ein Gleiten durch eine Erinnerungslandschaft.

Das kleine Haus inmitten der Wiesen lag nahe dem Silbersee, nahe dem einzigen Laden, dem General Store, nahe der Straße, nahe dem Friedhof.

Das Haus hatte vier Zimmer, zwei Mansarden im oberen Stock als Schlafzimmer, unten ein Eßzimmer und ein Wohnzimmer mit Sofa, vielen Nippes und einem Radio.

Mucki liebte das Sofa. Es war niedrig genug, daß er hinaufklettern und darauf liegen konnte. Es störte ihn auch nicht, daß ich unmäßig viel Radio hörte.

Bemerkenswert war der Anbau einer zimmergroßen Terrasse, die die Rückfront des Hauses einnahm und die, anstatt Glasfenster zu haben, mit einem feinmaschigen Drahtnetz bezogen war, so wie die Volièren von kleinen Vögeln vergittert sind. Dieses Drahtgespinst war eine Art Moskitonetz, und solche Drahtgeflechte in Rahmen waren auch in allen Räumen hinter Fenstern und Türen angebracht, um vor den entsetzlichen Stechtieren aller Arten zu schützen.

Die Küche war mit vielen Schränken und Utensilien ausgestattet. Es stand auch ein großer Eiskasten da. Nur mit dem Herd war es anfangs schwierig, denn seine vier Kochstellen wurden mit Petroleumflammen erhitzt und man mußte lernen, sie so zu halten, daß sie weder Geruch noch Brand erzeugten.

Anfang Juli war Winnetou zu uns gekommen. Bondis hatten ein großes Landhaus auf einem Berg über der kleinen Stadt Manchester gefunden und ihr Landerziehungsheim dort eröffnet. Winnetou war gleich nach unsrer Ankunft in New York zu ihnen gekommen.

Wir hatten damals kein Auto, ich hatte keinen Führerschein, daher lieh uns Dorothy ihren Wagen und ihr Stubenmädchen zum Chauffieren, das Besorgungen machte in der Stadt, während ich Winnetou an der Bahnstation abholte.

Winnetou stieg mit einem Koffer und einem Korb aus und deponierte das Gepäck in dem rückwärtigen Teil des Kombiwagens. Zu meinem Entsetzen hörte ich Katzen im Korb miauen.

»Bist du verrückt«, sagte ich als Begrüßung, »du kannst doch keine Katzen mitbringen!«

»Ich muß«, sagte Winnetou trotzig, »die wären sonst hingerichtet worden.«

Wir setzten uns auf die Sitze hinter das Stubenmädchen, die verstand kein deutsch.

»Was meinst du mit ›hingerichtet‹?« sagte ich unfreundlich.

»Da ist ein dummes Ding in unsrer Schule, die ist

allergisch gegen Katzenhaare, dabei hat sie selbst lange Haare und kaut den ganzen Tag an ihrem Zopf herum, aber davon kriegt sie keine Ausschläge.«

»Aber der Mucki kann doch nicht mit Katzen leben!« sagte ich.

Sie machte den Mund auf, aber sie schloß ihn wieder, bevor sie etwas Abfälliges über Mucki gesagt hatte. »Ich will nicht, daß die Katzen getötet werden wegen diesem blöden Kind. Aber es ist niemand da, der sie nehmen will.« Sie faßte nach meiner Hand. »Ich verspreche dir, sie zu verstecken.«

Sie versteckte sie in der Scheune neben der Küche, sie fütterte sie und sorgte dafür, daß die Türen ins Haus geschlossen blieben. Zuck war eher amüsiert über den Katzenzuwachs, bewunderte den schwarzen Kater und die dreifarbige Kätzin. Er und Winnetou waren tierliebender als ich.

»Wehe«, sagte ich, »wenn sie dem Mucki in die Nähe kommen.«

»Sie heißen Pyramus und Thisbe«, sagte Winnetou.

Eine Woche später gelang es Thisbe, unbemerkt ins Haus zu kommen, sich über die Stiegen in Zucks Schlafzimmer zu schleichen und sich in dem offenen Wandschrank zu verstecken. Gegen Abend hörten wir klagendes Miauen. Wir liefen in die Mansarde, fanden Thisbe auf Zucks weißen Hemden liegend, umgeben von vier Neugeborenen. Zuck befühlte die Kätzchen, drei waren tot, eines lebte, es war schwarz wie Pyramus. Thisbe miaute und wand sich in Krämpfen. Der herbeigerufene Tierarzt holte ihr noch ein totes aus dem Leib, gab ihr eine Spritze, ließ eine Flasche Medizin zurück.

»Die soll keine Jungen mehr haben«, sagte der Arzt.

»Und Sie müssen sie zwingen, den survivor, den Überleber, zu stillen. Der überlebt sonst nicht, und für die Katze ist das Stillen heilsam.«

Zuck und Winnetou besorgten das Einfangen der Mutter, die ihr Junges nicht annehmen wollte. Thisbe mußte ins Haus eingesperrt werden. Ich zitterte um Mucki.

Und dann geschah es.

Ich war einkaufen gegangen. Als ich heimkam und die Küchentür öffnete, sprang Thisbe mit einem Satz an mir vorbei und entfloh in die Freiheit.

Ich stellte den Sack mit den Lebensmitteln rasch auf den Küchentisch und ging ins Eßzimmer, um das Junge zu suchen. Ich fand es nicht. Ich suchte weiter. Die Türe zum Wohnzimmer stand offen, ich blieb in der Türe stehen und rührte mich nicht von der Stelle. Der schwarze Säugling lag verlassen auf dem Teppich. Mucki näherte sich dem jammernden Bündel, beschnupperte es, berührte es vorsichtig mit der Pfote. Das kleine Tier kroch auf Mucki zu, bis es seinem Fell ganz nahe war. Es miaute jetzt laut und verlangend. Da legte sich Mucki nieder, legte sich zur Seite, schob das Kleine mit seiner Vorderpfote behutsam an seinen Bauch nieder und zuckte, als das Kätzchen an Muckis milchlosen Zitzen zu saugen begann. Er leckte ihm das Fell und rollte sich zusammen, so daß das Junge von seinem Leib umschlossen war. Mucki atmete tief und ruhig. Ich ging zurück in die Küche, Mucki hatte nichts von meiner Anwesenheit bemerkt.

Das Kätzchen war zehn Tage alt, als seine Mutter es verließ, seine Augen waren geöffnet. Winnetou ernährte es mit einer milchgefüllten Flasche für große Puppen, die Wärme fand es an Muckis Bauch. Der

Hund konnte nur mehr kurz ins Freie gehen, denn kaum war er draußen, setzte sich das Kätzchen unter kläglichem Miauen an die Drahttüre, durch die Mucki verschwunden war. Er eilte zurück, legte sich sofort auf den Boden und rollte das Junge in sich ein.

Wir nannten das Schwarze ›Spiegel das Kätzchen‹. Es wurde ein eigenwilliger, seltsamer Kater, der nur Mucki und uns anerkannte und gerne Fremden auflauerte, um ihnen einen Krallenschlag zu versetzen. Er wurde bald so stark, daß Thisbe sich nicht mehr ins Haus wagte, weil er sie mit Hieben verfolgte. Seine Mutter war der Mucki. Der leckte ihm das Fell glatt und nahm ihn noch an seinen Bauch, als Spiegel schon in den Wäldern pirschte und dem Mucki manches Mal den Rest einer Maus oder eines Vogels brachte, den Mucki meist schon verschlungen hatte, bevor man den gebenden Spiegel oder dem nehmenden Mucki die Leckerbissen entreißen konnte.

Es war unter uns ein Übereinkommen getroffen worden, daß wir drei, Zuck, Winnetou und ich, von diesen merkwürdigen Vorgängen nicht sprachen und niemandem davon erzählten. Mucki war mit zunehmendem Alter empfindsamer geworden und leicht beleidigt...

Einmal fragte mich Zuck: »Hat Mucki wohl je Junge gehabt?«

»Mein Pate hat gesagt, er hat nie Junge gehabt.«

Es war ein schöner Sommer, schönes Wetter, es waren besondere Leute, die wir kennenlernten: im Dorf, im Laden und auf Dorothys Parties. Es waren Einheimische, die wir trafen, bei Dorothy begegneten wir Flüchtlingen von Ruf und Namen aus allen Ländern und ungewöhnlichen Amerikanern.

An einem wolkenlosen Tag stand ich draußen vor

dem Haus auf der Wiese, nicht weit entfernt vom Wohnraum, in dem ich das Radio aufgedreht hatte. Ich hörte die gewohnte Stimme aus dem Radio, und sie verlas eine Nachricht, die ich mit dem Gehör, aber nicht mit dem Verstand aufnehmen konnte.

Ich rief Zuck und bat ihn: »Hör zu, ich kann's nicht verstehen.«

Es war ein Text mit vielen Erläuterungen. Der Ansager verhaspelte sich, aber langsam verstanden wir ihn.

Es war der 23. August: Hitler und Stalin hatten einen Pakt geschlossen.

»Das ist das Ende«, sagte ich.

»Das ist der Krieg«, sagte er.

Dann drehte sich alles um mich. Mir wurde schwarz vor den Augen. Ich schrie auf: »Und Michi ist in England!«

Dorothy kam zu uns, und wir besprachen die Lage. Selbst Dorothy glaubte nicht an den unmittelbar bevorstehenden Krieg, der zehn Tage später ausbrach.

»Sie verhandeln«, sagte sie, »und solange sie noch verhandeln ...«

Zuck setzte drei Telegramme auf: Eines an Yvonne Rodd-Marling, die, selbst aus Diplomatenkreisen stammend, mächtige Beziehungen zur Diplomatie hatte und die es auf unwahrscheinliche Weise verstand, Türen und Tore zu öffnen, die für gewöhnliche Sterbliche verschlossen blieben.

Das zweite Telegramm ging an Michi, sie solle sich sofort mit Mrs. Rodd in Verbindung setzen.

Das dritte sandten wir an Ingrid Warburg nach Schweden, der Tochter Fritz Moritz Warburgs, mit der Bitte, Michi die Durchreise durch Schweden und eine Schiffskarte nach USA zu besorgen.

Bald nach Aufgabe der Telegramme rief Michis Vater an, der schon seit längerer Zeit in New York lebte und mit einer Amerikanerin verheiratet war.

»Ich habe eben ein Kabel von Warburgs bekommen«, sagte Frank. »Sie haben für den 1. September zwei Schiffskarten auf der Kungsholm für Ingrid und Michi reservieren lassen ab Göteborg.«

»Hoffentlich kommt sie durch bis Göteborg«, sagte ich.

Was dann geschah, war unvorstellbar. Alle Räder der Freundschaft rollten, griffen ineinander. Die Räder der Bürokratie schienen für kurze Zeit stillzustehen.

Es war wie ein Wunder: Yvonne Rodd verschaffte innerhalb 48 Stunden die Ausreise aus England, die Durchreise durch Holland und Dänemark, das Flugbillet von London nach Kopenhagen.

Michi flog am 31. August mit allen Stempeln in ihrem Paß und allen zusätzlichen Papieren nach Amsterdam. Das englische Flugzeug sollte weiter nach Kopenhagen fliegen, wurde dann aber zurückbeordert nach London.

Die Fluggäste brachte man in einem Amsterdamer Hotel unter. Gegen 6 Uhr früh, als sie noch in ihren Betten lagen, hörten sie Leute rufen und schreien, die durch die Straßen Amsterdams zogen.

Die Gäste gingen ans Fenster, aber da sie sich im Land des ›Kannitverstan‹ befanden, verstanden sie nicht, was vorging.

Ein dänisches Flugzeug brachte sie nach Kopenhagen, und da erst, so erzählte Michi später, erfuhr sie, daß Hitlers Truppen um 4.45 Uhr am Morgen des 1. September in Polen einmarschiert waren.

Um 9.30 Uhr, am 1. September, kam Michi in Kopenhagen an. Ingrids Vater, F. M. Warburg, stand am Flugplatz und nahm Michi, nach der Paß- und Zollkontrolle, mit in sein Auto. Der Chauffeur fuhr, wann immer er konnte, 120–150 km in der Stunde, nur als sie auf die Fähre nach Schweden kamen, mußte das Auto stillstehen.

F. M. Warburg saß mit Michi im Wagenfond. Er hatte einen Korb auf den Knien mit belegten Broten. Michi aß vor Aufregung unentwegt. Das Auto lag in den Kurven auf zwei Rädern, die Geschwindigkeit war atemberaubend.

F. M. Warburg übersetzte Michi die Nachrichten aus dem Radio. Es wurde verhandelt und wieder verhandelt, während in Polen gekämpft wurde.

Es war wie heute ein count down vor dem Abschuß einer Mondrakete.

Sie kamen in Göteborg an, knapp vor dem dritten und letzten Aufheulen der Schiffssirene. Ingrid Warburg stand an der Reeling und winkte.

Michi war der letzte Passagier, der über die Schiffstreppe ging. Die Treppe wurde eingezogen.

Ungefähr zweiundvierzig Stunden nach Abfahrt des Schiffes kamen die Radionachrichten, Schlag auf Schlag.

Es war der 3. September: um elf Uhr Vormittag europäischer Zeit lief Englands Ultimatum an Hitler ab, um 17 Uhr Nachmittag das Ultimatum Frankreichs an Hitler. Der Krieg war erklärt.

Am selben Tag noch wurde das englische Passagierschiff ›Athenia‹ von U 30 versenkt. Drei Tage später kam durchs Radio die Nachricht: 128 Tote. Viele Amerikaner waren an Bord gewesen, daher war die Erregung in Amerika über die Versenkung größer als die über den Kriegsausbruch.

Das schwedische Schiff, auf dem Michi fuhr, mußte ungefähr 50 Stunden auf dem Meer gewesen sein, als die ›Athenia‹ torpediert worden war. Das Schwedenschiff war ein langsames Schiff. In Southampton machte es einen Zwischenhalt. Ob es in Irland auch angelegt hatte, wußten wir nicht. Wir hofften, daß es zur Zeit des Untergangs der ›Athenia‹ schon auf hoher See gewesen sei. Am 7. September kam ein Kabel von Michi, sie würden voraussichtlich am 12. September in New York ankommen.

Zuck mußte abreisen, er hatte ein Angebot aus Hollywood erhalten. Das war ein Glück, obwohl ich nicht sicher war, wie lange er den Beruf eines Filmverfertigers ertragen würde, da die Freiheit und die Arbeitsbedingungen, die er bei Korda in England gehabt hatte, weltenweit entfernt waren von den Methoden in Hollywood. Aber zunächst bedeutete es Geld, und Geld hatten wir bitter nötig.

Ich blieb mit Winnetou, Mucki und den Katzen in Barnard. Wir zwei konnten nie gemeinsam weggehen, da wir ständig auf Telephonanrufe warteten und Radionachrichten hören wollten.

Am 12. September kam das Schiff in New York an.

Am 14. September brachten Frank und seine Frau Michi nach Barnard. Wir feierten zwei Tage lang. Michi mußte immer wieder ihre Geschichte erzählen, angefangen von London bis Göteborg. Es war die Geschichte eines Angsttraumes, und wir ließen alle guten Geister hochleben, denen es gelungen war, sie nach Amerika zu bringen.

Franks nahmen die beiden Kinder mit, um sie in ihre Schulen zu bringen, Winnetou nach Manchester, Vermont, Michi nach Darian, Connecticut, in eine Schule, die sie ausgewählt hatte. Ich blieb noch einige Zeit in Barnard.

Dorothy hauste mit der Schottin Emily in ihrem schönen, großen Farmhaus, das eine halbe Meile von Barnard entfernt war. Ihr zehnjähriger Sohn war mit Kindermädchen und Köchin nach New York zurückgekehrt, weil er, zwar widerwillig aber dennoch, in seine New Yorker Schule gehen mußte.

Dorothy nahm mich mit in ihrem Wagen auf Fahrten in Vermont bis zum Lake Champlain. Die Herbstfarben waren ungeheuer: Ich hatte noch nie einen solchen Herbst gesehen wie den in Vermont.

Dorothy war glücklich, daß ich die Landschaft, die sie liebte, bewunderte. Sie sprach auf diesen Fahrten wenig vom Krieg und der Politik und wenig von dem Kummer, den ihr ihr Mann Sinclair Lewis bereitete. In jener Zeit begann ihre Ehe stückweise abzubröckeln, bis sie in Schutt zerfiel.

Ende September fuhr ich nach New York zurück, um unsre Einwanderung vorzubereiten, die notwendig geworden war.

Ich wohnte in New York bei einer Freundin, die ich von meiner Wiener Schulzeit her gut kannte. Sie hatte eine hübsche, kleine Wohnung auf der Westseite des Hudson.

Es gab in den Querstraßen, die zwischen Hudson und Broadway lagen, eingesprengt zwischen hohe Häuser ganz kleine, die altmodisch waren und – man könnte sagen – lustige Gesichter hatten. Diese Häuschen waren, die Kellerwohnungen miteingerechnet, zweieinhalb bis höchstens drei Stockwerke hoch. Die Breite setzte sich aus anderthalb Zimmern und dem schmalen Gang zusammen, der zum Stiegenhaus führte. Bei jeder Wohnung gingen Küche und Bad auf den Hinterhof.

Wir wohnten im Hochparterre, und als wir einmal unsre Schlüssel vergessen hatten, öffneten wir die querübereinanderstehenden Fensterscheiben und konnten bequem in die Wohnung einsteigen. Was waren das für längstvergangene, romantische Zeiten, als man in New York noch solchermaßen wohnen konnte, ohne ermordet zu werden. Für die Katzen war es ein leichtes, durch die Fenster ein- und auszusteigen und sich in den Nebenstraßen zu vergnügen, die vergleichsweise wenig Autoverkehr hatten. Mit Mucki war es einfach, die paar Stufen hinunter- oder hinaufzugehen. Er lebte mit Spiegel im Wohnzimmer, in dem auch ich schlief. Thisbe und Pyramus hatten ihr Quartier in der Küche aufgeschlagen, von wo auch sie in den Hinterhof springen konnten, um Mäuse zu fangen.

Meine Freundin war katzenfreundlich, und an Muckis Mucken gewöhnte sie sich langsam. Nach knappen drei Wochen schnappte er nicht mehr nach ihr, wenn sie über ihn fiel.

Es waren viele kleine Geschäfte in der Nähe, und man bewegte sich in unserm Quartier wie in vielen andern Gegenden New Yorks wie in einer Provinzstadt.

Es war viel geschehen: Polen wurde in wenigen Wochen besiegt. Polen war verloren, Polen wurde geteilt, Ostgebiete eingegliedert, die Balten umgesiedelt, aber kein Hahn krähte danach, und im Westen gab es nichts Neues.

In jener Zeit war es besser zu schweigen und die Einheimischen nicht mit seinen Sorgen zu belästigen. Was gingen sie die kleinen Länder im Osten an? Aber die Stimmung war unberechenbar, denn als Ende November der Finnische Winterkrieg ausbrach, begannen viele Hähne zu krähen, die Erregung über den russischen Einmarsch war groß, es wurde für Finnland gesammelt. Die Russen waren schlecht angeschrieben. Das sollte einen beträchtlichen Einfluß auf unser Leben haben.

Am 10. Dezember kam Zuck nach New York. Wir wanderten von Behörde zu Behörde. Das Anstehen, das Warten war unangenehm, aber die sichtbare Verachtung, mit der man uns behandelte, war schlimmer. Die Beamten zeigten sich uns gegenüber besonders mißtrauisch, da wir uns auf ungewöhnliche Weise und mit Hilfe hoher Protektion in ihr Land eingedrängt hatten. Manchen waren wir überdies verdächtig und zuwider, weil wir ein Land verlassen hatten, in dem Ordnung herrschte und dessen Führer von Erfolg zu Erfolg eilte.

Wir atmeten auf, als wir mit Winnetou und Mucki im Zug nach Miami saßen. Es war eine kurze Atempause, denn wir waren gezwungen, in ein anderes Land zu fahren, um in die USA regulär einwandern zu können. Ich sah fast nichts von Miami, ich war zu bekümmert dazu und verbrachte eine schlaflose Nacht. Ich durfte Mucki nicht nach Cuba mitnehmen und mußte ihn in einem Tierheim abgeben, und es hing vom amerikanischen Konsulat in Havanna ab, wie rasch sie uns die Einwanderungspapiere geben würden. Am nächsten Tag fuhr ich mit Mucki ins Tierheim und übergab ihn dem Arzt. Er war etwa fünfzig Jahre alt, nicht unfreundlich, aber streng und korrekt. Man merkte, daß er den Umgang mit hysterischen, reichen Damen gewöhnt war.

Ich sagte ihm also nur das Notwendigste, Mucki sei sechzehn Jahre alt, esse Leber und trinke Honigwasser, er sei gesund, aber anfällig. Der Arzt gab mir die Decken und Schüsseln zurück. Sie hätten eigene desinfizierte

Decken und Schüsseln, die Nahrung sei dem Stand der Forschung angepaßt. Er führte Mucki ab, in einen großen Nebenraum mit vielen Gitterkäfigen. Ich fühlte mich wie eine Mutter, die ihr Kind im tiefen Wald ausgesetzt hatte in der Hoffnung, es würde durch einen Schutzengel errettet werden.

Im Wasserflugzeug nach Havanna wurde mir fast übel bei dem Gedanken an Mucki.

Havanna war eine Märchenstadt, von Touristen bevölkert, die Whisky und weißen Rum tranken, die Bevölkerung war arm und daher ›malerisch‹, wie man das so gerne bezeichnet.

Die Immigrationsbehörden bestanden aus bildschönen, eiskalten Sekretärinnen, über ihnen waltete ein freundlicher Konsul, der ein Schreiben von Dorothy hatte. Zudem mußte er alle zehn Empfehlungsschreiben von Thomas Mann über Thornton Wilder bis zu Albert Einstein gelesen haben, denn er sagte zu Zuck: »Sie waren ein bekannter Schriftsteller drüben – hoffen wir, daß Sie es auch in unserm Land werden.« Er wurde es nicht.

Nach vier Tagen waren wir wieder in Miami. Ich fuhr sofort ins Tierheim. Der Arzt führte mich in den großen Saal. In vielen Käfigen bellten und heulten Hunde. In einem Käfig war es ganz still, da lag Mucki bewegungslos ausgestreckt.

Mir wurde eiskalt, und ich fragte: »Ist er tot?«

»Wir pflegen tote Hunde nicht in ihren Käfigen zu belassen«, sagte der Arzt abweisend. »Seit Sie ihn abgegeben haben«, fuhr er fort, »hat er jede Nahrung abgelehnt. Wir mußten ihn künstlich ernähren und ihm kreislaufstärkende Spritzen geben.«

Ich hob Mucki aus dem Käfig und hüllte ihn in seine Decken ein, die ich mitgebracht hatte.

Der Arzt ging mit mir in sein Ordinationszimmer, bot mir einen Stuhl an. Mucki lag kaum atmend und kältesteif auf meinem Schoß. Der Arzt holte Tabletten, übergab sie mir, sagte: »Dreimal am Tag je zwei.« Dann stellte er sich vor mich auf, er war groß und breitschultrig, er hob seine rechte Hand mahnend hoch. Mir war zumute, als stünde ich vor einem Richter.

»Never do it again«, sagte er. »Tun Sie das nie wieder. Trennen Sie sich nie mehr von diesem Hund. Der Hund überlebt es nicht.«

Ich tat die Tabletten in meine Tasche, ich zahlte die Rechnung, ich wickelte Mucki in seine Decken ein wie einen Säugling. Ich verabschiedete mich von dem Arzt, er nickte.

Im Eingang des Hauses blieb ich stehen, und zum ersten Mal, seitdem ich Mucki besaß, küßte ich Mucki. Ich küßte ihn auf Kopf und Augen und weinte. Das salzige Naß floß ihm über die Nase. Er streckte die Zunge heraus und begann, die ihm unbekannte Flüssigkeit zu lecken. Er schlug die Augen auf und stieß klagende Laute aus. Ich drückte ihn an mich und sagte: »Ich werde es nie wieder tun.«

XVI

Ein Jahr zuvor hatten mich Freunde nach San Francisco eingeladen. Zuck und ich fuhren also gemeinsam vier Tage und fünf Nächte lang von Miami nach Los Angeles durch viele fremdartige Landschaften, aber nach den Erfahrungen der letzten Zeit beeindruckte mich am meisten, daß man eine so lange Strecke befuhr, länger als die von Sizilien nach Lappland, ohne eine einzige Paßkontrolle zu passieren.

Zuck arbeitete im Zug an einem Drehbuch nach dem Stoff des Buches von Arnold Zweig ›Der Streit um den Sergeanten Grischa‹. Es war eine interessante Arbeit und schien ein guter Auftakt zu sein.

Von Los Angeles fuhr ich weiter nach San Francisco. Die Freunde holten mich ab. Ich wohnte bei ihnen und fühlte mich wie zu Hause. Sie war eine Freundin von mir aus Wien, er war Arzt bulgarischer Herkunft.

Ich mußte mir bald ein Quartier suchen, da Zuck zu Weihnachten nach San Francisco kommen wollte. Meine Freunde fanden für mich ein ateliergroßes Zimmer in einem kleinen Haus in einer steilen Straße. Durch das große Glasfenster sah ich auf die Golden Gate Bridge, dieses unbegreifliche Gebilde, das über die Meeresbucht gespannt ist.

San Francisco war und ist wohl noch eine der schönsten Städte Amerikas, auch wenn es heute vielleicht nicht mehr die merkwürdigen Viertel gibt, die damals existierten.

Am 21. und 22. und 23. Dezember kam ein Mann die steile Straße herauf, blieb vor jedem Haus stehen und spielte Geige. Er spielte gut, und die Saiten seiner Geige klangen wie eine Frauenstimme. Als er zum ersten Mal vor unsern Fenstern zu spielen begann, lief Mucki aufgeregt zur Türe. Ich ging mit ihm hinunter, er setzte sich vor den Mann, er legte den Kopf schief und schien auf eine ihm bekannte Stimme zu lauschen. Der Mann war einfach und streng wie ein Pastor gekleidet, er hatte dunkles Haar und graue Augen, er war groß und hatte ein schmales Gesicht. Er spielte Weihnachtslieder, und ich sah, daß der Straße entlang Frauen standen und auf ihn warteten. Täglich, wenn er vorbeikam, verlangte es Mucki, vor ihm auf der Straße zu sitzen, und er hörte ihm verzückt zu. Ich gab dem Geiger täglich etwas Geld, und am 23. fragte ich ihn, ob er am 24. wiederkomme.

»I don't know«, sagte er, »ich weiß es nicht.«

»Und wenn ich Ihnen fünf Dollar biete?«

»Es hat so viele Straßen in San Francisco bergauf und bergab«, sagte er, »I never know, ich weiß es nie, wann ich in eine Straße wiederkomme.«

Er kam nicht.

Ich hatte einen kleinen Baum geschmückt – Kerzen waren wegen Feuersgefahr verboten – und einige Krippenfiguren aus Terracotta gekauft, wie sie von Italienern verfertigt werden, und unter den Baum gestellt.

Uns war nicht nach Weihnachten zu Mute. Zuck hatte drei Tage zuvor den gefürchteten ›Pink Slip‹ bekommen, der seine Entlassung bedeutete. Der ›Grischa‹ war abgesetzt worden, weil die Russen derzeit unbeliebt waren und man keinen liebenswerten Russen sehen wollte. Dafür hatte Zuck abgelehnt, einen ›Don Juan‹-Film im Operetten-Western-Stil anzufertigen. Zucks erste Reaktion war Freude, aus Hollywood herauszukommen, die zweite Besorgnis über unsre Zukunft.

Wir verließen bald unsern kerzenlosen, trübseligen kleinen Weihnachtsbaum und zogen mit Mucki in eine italienische Kneipe. Der Keller war aus rohen Ziegeln gebaut, der Besitzer war ein freundlicher Italiener.

Es waren wenige Gäste da am Weihnachtsabend. In der Ecke stand ein Weihnachtsbaum, echter Stamm, echte Nadeln, mittelgroß, mit elektrischen Kerzen, silbernen Sternen und Kugeln verziert. Drei Boote mit Segeln hingen an dem Baum, der Besitzer gehörte wohl zu den italienischen Fischern, die ihre Boote in der Bucht von San Francisco hatten.

Das Essen war gut, der Wein war gut, Mucki saß

neben mir auf der Holzbank, die mit rotkarierten Kissen belegt war. Ein Mann saß am Nebentisch – man konnte, wie oft in Amerika, schwer feststellen, welchem Beruf und Stand er angehörte. Er trank mehr, als er aß, woraus wir schlossen, daß er ein Einsamer war.

Der Mann am Nebentisch deutete auf Mucki und sagte: »Your dog ist blind, but he seems to be a personality ... Ihr Hund ist blind, scheint aber eine Persönlichkeit zu sein.«

»Yes«, sagten wir.

Er merkte, daß wir nicht heiter waren, und erzählte uns einen Witz. Wir verstanden kein Wort.

Er rief ärgerlich: »Verdammt, verstehen Sie keine Witze?«

Zuck sagte: »Wir sind Fremde. Sprechen Sie ganz langsam!«

Er sprach den Witz nun ganz langsam, Wort für Wort. Wir konnten ihn verstehen, es war ein wahrhaft komischer Witz. Wir lachten ungeheuer. Er stand auf, schlug uns auf die Schultern, setzte sich zu uns, seine Lippen bewegten sich langsam und ausdrucksvoll. Er sprach mit Händen und Fingern, als ob er zu Taubstummen redete. Wir, unsrerseits, skandierten unsre Sätze, zerhackten die Worte in einzelne Silben, etwas, was man mit der englischen Sprache auf keinen Fall tun sollte – aber er verstand uns. Wir sprachen von den komischsten Dingen.

Er war Kapitän eines Kutters, seine Familie lebte in Florida.

»Far, far away in the South, weit, weit weg im Süden«, sagte er, »und Ihre Kinder?«

»Far, far away in the East, weit, weit weg im Osten«, sagten wir.

Er war im Ersten Weltkrieg in Frankreich gewesen, und so sangen wir gemeinsam ›Mademoiselle d'Armentière paaalee wuu‹ zu dritt in herzhaftem Einverständnis. Da wir viel Wein getrunken hatten, wurden wir heiter und lauschten seinen abenteuerlichen Erzählungen. Wir waren hingerissen von der Neuen Welt, in der er lebte, von seiner Unbeschwertheit und seinem Humor. Je später es wurde, desto besser konnten wir uns verständigen. Er hob einige Male sein Glas hoch, trank Mucki zu, immer wieder mit demselben Satz: »Nur ein Hund ist des Menschen bester Freund!«

Mucki stieß Töne aus, um anzudeuten, daß er auf die Straße müsse. Ich ging mit ihm auf die Straße. Der Wirt kam mir nach und sagte zu mir: »Bleiben Sie nicht zu lange weg, den Mann kenne ich, er ist ein Raufbold.« Dann zeigte er mir den nächsten Weg zur Damentoilette und sagte: »Dort können Sie sich erfrischen.«

Die Luft auf der Straße, damals noch rein und voller Meeresgeruch, erfrischte mich gar nicht, sie leitete den konsumierten Wein vom Magen unmittelbar ins Gehirn, ich schwankte die Treppen hinunter zur angewiesenen Toilette. Mir war nicht übel, aber alles um mich schwankte, wie auf hoher See. Als ich in den Spiegel schaute, der über der Waschschüssel hing, merkte ich, daß ich diese Kabine bei so hohem Seegang nicht allein verlassen konnte. Ich schlug den Deckel der Toilette über den Sitz, setzte mich darauf und wartete, daß man mich holen würde. Die Wände des Raumes und der Fußboden waren gekachelt, es war sauber und freundlich. Mucki saß neben mir. Plötzlich bellte er. Männerfäuste schlugen gegen die Türe. Zuck stand mit dem Kutterkapitän vor der Türe. Sie hielten sich eng umschlungen, packten mich aber mit ihren freien Armen.

Wir schwankten tapfer die Treppe hinauf, ohne auf Mucki zu treten. Oben auf der Straße gingen die Männer auf und ab und unterhielten sich über meinen Kopf hinweg über den Krieg. Sie hatten herausgefunden, daß sie sich zweimal in Schützengräben gegenüber gelegen hatten. Sie umarmten sich und mich, sie schüttelten sich die Hände, sie nannten sich gegenseitig »Mein lieber Feind« und waren überglücklich, daß einer den andern nicht getötet hatte. Er wisse noch eine Seemannskneipe, sagte der Kapitän. Ich bat um ein Taxi und siegte. Als wir einstiegen, hob er Mucki hoch und sagte wieder: »Vergeßt es nie! Nur ein Hund ist des Menschen bester Freund!«

Wir schliefen glücklich und sorgenfrei ein und erwachten erst am nächsten Mittag.

Zwei Tage lang führten uns unsre Freunde in die Berge und Wälder um San Francisco. Sie führten uns an den Meeresstrand. Wir aßen Mittag an Fisherman's Wharf in einem italienischen Fischrestaurant, gingen nachmittags ins Theater des Chinesenviertels und abends in die Nachtlokale des International Settlements, wo man die Seeleute aller Rassen und Länder traf.

Am dritten Tag fiel der Schatten der Sorgen über uns ein...

Am vierten Tag mußte Zuck nach Hollywood, um dort seinen letzten Scheck einzulösen.

Am Silvestertag fuhr ich mit Mucki nach Hollywood. Wir feierten Silvester bei Salka Viertel, der damaligen Frau von Berthold Viertel. Wir feierten mit Deutschen, Österreichern, Ungarn, Tschechen, Polen und andern Völkerstämmen, die versuchten, den Amerikanern verständlich zu machen, was ihr Herz und ihren Verstand bewegte. Salka übersetzte, vermittelte und ließ uns die Krücken vergessen, an denen wir alle humpelten. Es war eine Freude, Berthold Viertel wiederzusehen, der liebenswürdig, strahlend und aufsässig war.

Zuck mußte zwei Tage später nach New York fliegen, um eine Antrittsvorlesung zu halten in der New School for Social Research, eine Anstellung, die schon in Frage stand, als er noch in Hollywood war. Er hatte von nun an jeden Dienstagabend Vorlesungen über ›Humor im Drama‹ zu halten, in einem Jahr, in dem uns der Humor langsam verging.

Ich fuhr am selben Abend mit der Bahn nach New York zurück.

Um zwei Uhr nachts weckte mich der Schlafwagenkondukteur. Er hatte mir angeboten, Mucki bei einem längeren Halt auf den Bahnsteig zu führen. Er war ein kleiner, zarter Neger mit kurzgeschorenem, weißem Haar und heller, kindlicher Stimme. Ich war erstaunt, da die meisten Schlafwagenkondukteure Neger von großer, mächtiger Statur waren.

Es war gut, mit unserm kleinen Neger Freundschaft zu schließen, denn wir hatten eine weite Reise vor uns, fünf Tage und vier Nächte. Am zweiten Tag schon fragte ich ihn nach seinem Namen. Er sagte, er hieße Washington mit Vornamen...

Mittags und abends, wenn ich ins Restaurant oder in die Snackbar rasch etwas essen ging, setzte sich Washington zu Mucki, und der war entzückt, wenn er mit hoher Stimme »sweet little doggie, doggie, doggie« zu ihm sagte oder ihm gar Negerkinderlieder vorsang, in denen »sweet little baby« vorkam. Ja, ich kann sagen, innerhalb zweier Tage war Mucki so verzückt von Washington, wie er es bisher nur von van Loon und dem

Geiger von San Francisco gewesen war. Und ich mußte wieder an meine rassenreine Tante denken und hatte meinen Spaß daran, daß Mucki sich in einen Neger verliebt hatte.

Wir bewohnten einen kleinen Raum, nicht größer als die Räume der europäischen Schlafwagen: ein Bett an der Wand, ein zweites darüber konnte aufgeklappt werden, ein Tisch und Stuhl vor dem Fenster, eine Waschkommode an der gegenüberliegenden Wand, daneben eine Türe, die in das große Nebencompartment führte. Unser Freund hatte mir schon am ersten Tag das luxuriöse Apartment nebenan gezeigt und mir erklärt, daß mein Abteil manchmal von den Kindern bewohnt wurde, deren Eltern im Luxusapartment fuhren. Dort waren breite Betten, ein großer Tisch, Clubfauteuils und daneben ein dazugehöriger Waschraum.

Ich machte unsern Freund darauf aufmerksam, daß die Verbindungstüre zwar geschlossen, daß aber in Augenhöhe ein Loch gebohrt worden sei, durch das man in die Nebenkabine schauen und von dort in unsre Kabine spähen könne. Washington lächelte nachsichtig: »Auf unsrer letzten Reise hatten wir smart, playful kids, aufgeweckte, spielfreudige Kinder. Die wollten alles sehen«, sagte er. »Don't worry, ich werde das Loch zukleben, bevor die Leute ins Nebencoupé einsteigen.«

Die Leute kamen in der nächsten Nacht. Ich hörte sie nicht einsteigen, ich schlief. Gegen elf Uhr erwachte ich von sonderbaren Geräuschen aus der Nebenkabine. Mucki hatte sich aufgesetzt und knurrte. »Still«, sagte ich leise. »Rühr dich nicht.«

Während ich meinen Schlafrock anzog, hörte ich ein regelmäßiges Aufschlagen von Metall auf Holz und Klirren von Ketten. Ich löschte das Licht, schlich mich an die Türe, zog das Heftplaster weg von dem Loch. Ich sah durch das Loch und mußte meinen Mund fest gegen die Türe pressen, um nicht zu schreien.

In dem Nebenabteil saßen an dem großen Tisch drei Männer: zwei Polizisten und zwischen ihnen ein Sträfling. Die rechte Hand des Gefangenen war an die linke des einen Polizisten gekettet. Der Gefangene und dieser Polizist hatten je eine Hand frei zum Kartenspielen, der zweite Polizist beide Hände. Aber auch er spielte nur mit einer Hand, die andere Hand hatte er auf seinen Revolver gelegt, der von den Karten etwas entfernt auf dem Tisch lag, die Mündung auf den Sträfling gerichtet. Das Gesicht des Gefangenen konnte ich nicht sehen, er saß mit dem Rücken gegen meine Tür.

Sie waren bisher eher schweigsam gewesen, aber nun ging es hoch her. Sie schienen ›jolly good fellows‹ zu sein. Sie knallten die Karten auf den Tisch, daß ihre gemeinsame Fessel metallisch erdröhnte; der Gefangene stieß ein Freudengeheul aus, wenn er gewonnen hatte, und stampfte dabei mit seinen Füßen auf den Boden, daß seine Ketten rasselten. Die drei tranken Coca-Cola und stießen Flüche aus, die ich damals noch nicht kannte.

Ich klebte ein neues Heftpflaster über das Loch, setzte mich auf den Stuhl beim Fenster, nahm Mucki auf den Schoß und hielt ihm die Schnauze zu. Ich wußte, der Revolverlauf war gegen unsre Tür gerichtet, und sagte zu Mucki: »Sei still; wenn die nebenan Streit kriegen, fliegt die Kugel durch unsre Tür bis zu meinem Bett. Ganz ruhig sein, nicht rühren!«

Wir saßen wohl eine halbe Stunde lang bewegungslos in der Finsternis und lauschten auf die Geräusche und Stimmen von nebenan.

Endlich erlöste uns unser lieber Neger. Er drehte das Licht an und sagte: »Große City, langer Stop«, nahm den Mucki in die Arme und trug ihn behutsam auf den Perron.

Durch Muckis Abwesenheit hatte ich den letzten Halt verloren, kroch vor Angst unter den Tisch und rechnete mir aus, welchen Weg die Kugel nehmen könnte, nachdem sie die Tür durchschlagen hätte.

Ich hörte unsern Freund Washington mit Mucki zurückkommen.

Mucki mußte sich aus seinen Armen losgestrampelt haben, war zur Tür des Nebenabteils gelaufen und bellte wie ein Rasender. Ich kroch unterm Tisch hervor und rannte auf den Gang.

Die Tür des Abteils war weit geöffnet, ein enormer Polizist stand seitlich davor mit dem Revolver in der Hand.

Ich konnte einen Augenblick den Sträfling sehen. Er hatte ein zerfurchtes Gesicht, er mußte viel riskiert haben in seinem Leben, seine Augen waren hell und listig.

Ich hatte Mucki hochgehoben, er bellte nicht mehr.

»I am sorry«, sagte ich zu dem Polizisten, »daß mein Hund gebellt hat. Ich werde dafür sorgen, daß er Sie nicht mehr stört.«

Der große Polizist musterte den kleinen Mucki. »Das ist ein tapfrer, kleiner Kerl«, sagte er anerkennend. »Good night, lady, sleep well.«

Unser Freund begleitete uns zu unsrem Abteil. Ich setzte mich getrost aufs Bett. Ich hatte Vertrauen gefaßt zu dem Polizisten und fürchtete seine Kugel nicht mehr.

Aber noch immer war ich schreckensbleich und sagte: »Washington, was bedeutet das alles?«

»Ein fünffacher Raubmörder«, antwortete er ruhig.

»Sie spielen Karten, es ist eine lange Fahrt bis Kansas City.«

Ich hatte zu Silvester eine Flasche Whisky geschenkt bekommen, und sie war noch nicht geöffnet. Ich reichte sie ihm, er öffnete sie.

»Washington, ich fürchte mich.«

Ich schüttete mir einen Reisebecher voll Whisky ein und fragte, ob er auch Whisky wolle.

»I am sorry«, sagte er. »Ich bin Antialkoholiker.«

Er füllte Muckis Schale mit Honigwasser, ließ ihn trinken, setzte ihn dann auf mein Bett.

»Don't you worry«, sagte der schwarze, weißhaarige Mann. »Läuten Sie mir, wann immer Sie sich fürchten.«

Ich drückte ihm die Hand.

»Aber Sie müssen sich nicht fürchten. Sie können ruhig schlafen. Ich war Fliegengewichtsboxer, darum haben sie mich auf dieser Strecke eingesetzt.«

Ich wohnte zunächst wieder bei meiner Freundin, bis ich eine Wohnung fand. Sie hatte mit unsern drei Katzen gelebt. Pyramus und Thisbe waren freundlich gewesen, von Spiegel sah ich manche Krallenspuren an ihren Händen und Beinen. Die Begrüßung zwischen Mucki und Spiegel war elementar, sie lagen fortan, selbst tagsüber, meist auf meinem Bett in inniger Verschlingung.

Bald fand ich eine Wohnung in einem Haus, das an einer Flußpromenade des Hudson stand und als Gegenüber die steilen Felsen der Palisaden von New Jersey hatte. Die Wohnung bestand aus drei großen Zimmern und einer Küche, in die alles eingebaut war: Herd, Eiskasten, Abwasch, Schränke. Ein kleiner Raum daneben diente als Eßzimmer. Möbel erhielten wir von verschiedenen Freunden, deren moderne Wohnungen zu klein waren für die von Europa mitgebrachten mächtigen antiken Truhen, Schränke, Tische.

Wir fühlten uns wohl in der Wohnung, aber wir fühlten uns nicht wohl bei dem Gedanken an unsre finanzielle Lage. Die Vorlesungen brachten wenig ein und machten viel Mühe. Die Verhandlungen über eine Aufführung des ›Bellman‹ oder gar des ›Köpenick‹ hatten sich zerschlagen. Versuche Zucks, short stories für Zeitschriften zu schreiben, gelangen, trotz bester Verbindungen, nicht.

In diese Trübseligkeit hinein kam wie ein Sonnenstrahl ein Anruf von Adrienne Gessner. Emigrierte Schauspieler fanden sich manchmal auf kleinen Bühnen zusammen und spielten in deutscher Sprache vor deutschem Publikum. Adrienne bot Mucki ein Engagement an. Sie, die hervorragende Schauspielerin, spielte die Hauptrolle in ›Sturm im Wasserglas‹, einem Stück von Bruno Frank. Sie hatte eine Münchner Blumenfrau zu spielen, deren über alles geliebter Hund, weil sie die Hundesteuer nicht zahlen konnte, beschlagnahmt und vom Magistratsdiener in Verwahrung genommen wird. Über diese Hundeaffaire rollen Köpfe in der Politik, Ehen werden zerstört. Zuletzt raubt ein mutiger junger Journalist den verwahrten Hund und kommt vor Gericht. In der Gerichtsszene des dritten Aktes spielt der Hund die Hauptrolle. Und dieser über alles geliebte Hund wurde von Mucki dargestellt.

Am 13. April 1940 fand die Premiere statt, genau einen Tag vor Muckis 17. Geburtstag. Zuck und ich waren in der Premiere, und ich muß gestehen, daß wir sehr stolz waren, als Mucki bei seinem Auftritt rasenden Applaus erntete.

Wir waren mit Bruno Franks innigst befreundet,

daher wußten wir, daß Bruno Mucki niemals gesehen haben konnte, als er das Stück ungefähr 1929 schrieb, denn in dieser Zeit weilte Mucki noch bei meiner Tante. Dennoch hatte Bruno Frank geradezu einen Steckbrief von Mucki verfaßt.

Der Vorgang war folgendermaßen: Der erste Schöffe reckt den Kopf und sagt: »Ich kann den Hund garnet sehn.« Worauf der Vorsitzende zu dem bei der Verhandlung anwesenden Tierarzt sagt: »Vielleicht stellen Sie ihn während der Demonstration hier vor uns auf den Tisch.«

Der Tierarzt hebt den Hund auf den Tisch – ich hatte dem Schauspieler des Tierarztes schon von der ersten Probe an geraten, seine Hände mit weicher Schokolade zu beschmieren, damit er nicht von Mucki gebissen würde.

Die Aussage des Tierarztes lautet: »Hohes Gericht! Dieser Hund ist geradezu ein Musterbeispiel für die fast unbegrenzte Wandelbarkeit der Gattung Hund. Es wird in jeder andern Tiergattung unmöglich sein, ein Exemplar aufzufinden, das die Merkmale so vieler verschiedener Rassen in sich vereinigt. Sein Körperbau ist im allgemeinen der eines Pinschers: leicht, fest und sehnig, der Kopf hingegen mit den kleinen hochaufgerichteten Ohren erinnert an einen Schäferhund. Dem widerspricht allerdings das etwas breite Nasenbein, das auf einen Ahnherrn unter den Vorstehhunden hindeutet. Dieser Ahnherr hat dem Hund offenbar auch den ernsten und verständigen Gesichtsausdruck vererbt – sowie die ganze freundliche Ruhe seines Betragens. Nehmen Sie dazu den steil aufwärts getragenen Schwanz, der von einem Spitz herrühren dürfte« – (die folgende Beschreibung von »den edlen, glänzenden Pudelaugen«

mußte natürlich gestrichen werden) –, »so haben Sie ein Beispiel für eine einzig dastehende Vielfalt.«

Dieses Gutachten des Tierarztes war so zutreffend auf Mucki, daß der Vortrag immer wieder von großem Gelächter des Publikums unterbrochen wurde. Mucki schien das nicht zu stören, sondern ermunterte ihn eher, vom warmen Scheinwerferlicht bestrahlt, allerhand komische Bewegungen zu machen, die das Publikum zu immer neuen Beifallsstürmen veranlaßten.

Ich saß bei den Vorstellungen wie eine Ballettmutter in den Kulissen, freute mich des Erfolges. Nur wurde ich unruhig bei der Stelle, wo der Vorsitzende dem Tierarzt die Frage stellt: »Und wie hoch ungefähr veranschlagen Sie den Verkaufswert des Tieres?« und der Tierarzt den Hund streichelt und ihn anredet – der Name des Hundes im Stück ist Toni –: »Na Toni, was meinst? Vielleicht acht Mark?«

Worauf die Hundebesitzerin, Frau Vogl, sagt: »Wos? Acht Mark?! Ja, was fallt denn Eahna ein?« und den Hund wütend vom Gerichtstisch herunterhebt.

An dieser Stelle identifizierte ich mich ganz und gar mit der wütenden Frau Vogl und dachte an den Zoll von Hoboken, an jenen herzlosen Beamten, der das Urteil ›Hund ohne Wert‹ gefällt hatte.

Mucki verdiente pro Abend zehn Dollar, und das war das erste und einzige, was der Juwelen-Pelz-und-Silberbedingte Erbhund uns je eingebracht hat.

Der Krieg, der außer in Polen bisher noch nicht stattgefunden hatte, begann am 9. April. Dänemark und Norwegen wurden überrannt, am 10. Mai die Niederlande und Belgien, am 14. Juni wurde die uneinnehmbare Maginotlinie überschritten, Paris besetzt. Am 22. Juni folgte der Waffenstillstand mit Frankreich, in Dünkirchen der letzte Kampf. Die Luftschlacht um England begann. Es war alles vollkommen hoffnungslos. Hitler siegte auf allen Linien.

Im Sommer waren wir wieder in Barnard. Wir hatten eine alte Farm gemietet, in der es weder Wasserleitung noch elektrische Beleuchtung gab. Wir mußten Öllampen putzen und Kerzen schneuzen. Es war mühsam, aber die Miete war außerordentlich gering, und darauf kam es uns an. Die Wohnung in New York hatten wir auf drei Monate vermietet.

Die Farm lag auf einem Hügel über Barnard, sie besaß wenig Möbel. Dorothy brachte auf einem Lastwagen Möbel, Geschirr, Töpfe, Vorhänge und Bilder mit. Ihr Hund Bongo saß auf dem Lastwagen und stieg bei uns ab. Er war eine Kreuzung von Schäferhund und Neufundländer. Er kam oft zu Besuch zu uns, und Dorothy beschrieb es: »Ich wandre zu Fuß den steilen Hügel hinauf zu der kleinen, alten Perryfarm. Ich gehe den Hügel hinauf zu den Zuckmayers... um mit meinen Freunden, die im Exil sind, zu lachen. Mein Hund ist dort, diese undankbare Kreatur, die Zuck folgt, als wäre er sein Herr, und die nicht weiß, daß er ein Fremdling ist. Aber vielleicht hat Bongo auch Lust zu lachen.«

Bongo begleitete Zuck auf meilenweiten Spaziergängen, und wenn sie zurückkamen, legte Bongo sich neben Mucki, der ihn mit kleinen Sprüngen willkommen hieß. Spiegel zog sich voll Eifersucht in die weiten Scheunen und Ställe der Farm zurück. Er wagte es nicht, den großen Hund anzugreifen.

Eines Tages erschien auf der Wiese vor dem Küchenfenster ein herrenloses älteres Pferd und blieb bei uns. Die Weide bei der Farm war saftig. Heu gab es genug, den Hafer mußten wir kaufen. Das Pferd war uns zugetan, Winnetou konnte auf ihm reiten. Das einzig Störende war, daß es meist nachts Hustenanfälle hatte, die uns aufweckten. Ein Nachbar gab uns eine Mixtur, da hörte es auf zu husten.

Bongo marschierte abends zurück zu Dorothys Farm.

Wir hatten kein Radio auf dieser Farm, so konnten wir nicht unmittelbar die schrecklichen Ereignisse hören, die in der Welt vorgingen.

In jenem Sommer fühlten wir zum ersten Mal den Wunsch, das miserable, elendige Stadtleben in New York aufzugeben und uns nach Vermont zurückzuziehen, um von unsrer Hände Arbeit zu leben, wie es viele amerikanische Städter, besonders in der Depression, getan hatten, um ihre Existenz zu retten.

Wir befanden uns in jeder Weise im Zustand der Depression, ohne unmittelbare Aussicht auf Verdienst und ohne Hoffnung, jemals wieder heimkehren zu können.

Im darauffolgenden Sommer 1941 waren wir so wahnsinnig, die Wohnung in New York zu kündigen, ohne einen Platz zum Bleiben in Vermont zu haben. Das Merkwürdige aber war, daß wir in Vermont das untrügliche Gefühl hatten, alles würde auf uns zukommen und sich zum Besten wenden. So geschah es auch.

Zuck bekam einen Vorschuß von einem Verlag auf ein Buch, das er in Vermont schreiben wollte. Ein Amerikaner lieh uns Geld, ohne Zinsen zu verlangen, und von ganz unerwarteter Seite wurde uns eine größere Summe gegeben, um eine Farm zu pachten und ein paar Tiere anzuschaffen.

Im Spätherbst 1940 schlossen wir nun die Perryfarm. Dorothy holte die Möbel, Bongo blieb noch bis zu unsrer Abreise bei uns. Eines Tages wurde das Pferd von seinem Besitzer abgeholt, er war ein armer Farmer, der sommersüber für Taglohn arbeitete und sein Pferd so lange auf Wanderschaft schickte. Es gab manche Pferde und auch Vieh, das über den Sommer freigelassen wurde, auf den Weiden verlassener Farmen graste und vor dem Winter mit großem Getöse und auf Western-Art wieder eingefangen und in die Ställe zurückgebracht wurde.

Der Besitzer unsres Sommerpferdes bot uns an, den Hafer zu bezahlen, wir lehnten ab. Wir fuhren wieder zurück in die Stadt mit Hund und Katzen.

Im Frühling 1941 kam wieder Schlag auf Schlag: Einmarsch in Jugoslawien und Griechenland. Die Kette riß nicht ab.

Es wäre alles unerträglich gewesen, wenn wir nicht immer wieder auf Freunde gestoßen wären, die das Leben erträglich machten.

So war Berthold Viertel aus dem Westen in den Osten gekommen, lebte in einer dunklen, dumpfen Wohnung in New York und hatte viele Pläne, die nur selten zur Durchführung kamen. Wir alle hatten Pläne, die früher oder später zerstört wurden.

Wir waren mit Berthold oft beisammen. Er war angriffslustig, wild und ein Poet. Diese Zusammensetzung war muterzeugend. Berthold hatte eine zarte Beziehung zu Mucki. Für ihn bedeutete Mucki ein betagtes, ehrbares weibliches Wesen, und er nannte sie Isabella.

Das einzige, was uns in dieser weltweiten Misere aufrechterhielt, war eine gute Portion Humor, mit der wir glücklicherweise von Natur aus beschenkt worden waren.

Ein Labsal in dieser trüben Zeit war auch Kortner. Zunächst kam er oft zu uns zum Essen. Er liebte es, auf

Diät zu leben, um sich leicht und wohl zu fühlen. Wenn ich aber mit Mehl eingebrannten Kohl zu Schweinebraten bot, schmeckte es ihm trefflich, und er wandte dabei die Redensart an: »Gemüse schmecken erst gut, wenn sie sich in Mehlspeisen verwandeln.« Gemeinsam mit Zuck aß er größere Mengen: Rindsgulasch, Kalbsgulasch mit Semmelknödeln, Szegediner, Hammel mit Bohnen, Geselchtes mit Linsen, Paprikahendeln, und sagte dann zum Dank: »Das war wieder ein Anschlag auf unser Leben.«

In den Bereich der Gänsespeisen wagte ich mich nicht, um nicht in den Verdacht zu kommen, ihm jüdische Küche vorzusetzen und damit meinen ›Antisemitismus‹ zu beweisen. Denn er hatte uns gegenüber seine Krallen eingezogen. Er begeisterte uns mit Geschichten aus längst vergangenen Tagen, wobei das Wiener Burgtheater einen beträchtlichen Raum einnahm. Er besprühte das glänzend Erzählte mit einem geringen Schuß von Bosheit, so daß sich seine Erzählungen zu blühenden Kakteen entwickelten, deren Stacheln nicht wesentlich fühlbar waren.

Da sein Gemüt zornig war, er aber keine Lust dazu verspürte, seinen Gott der Rache gegen uns einzusetzen, um uns zu zerschmettern, mußte er sich einen Gegenstand für seine Aggression suchen. Die Person in greifbarer Nähe war Mucki.

Er war ein ideales Objekt für ihn, denn Mucki stammte aus einem Nazihaus und war für ihn der Inbegriff des häßlichen Nazis. Er verglich ihn mit Streicher, Ley und Goebbels. Mucki spürte die Abneigung und reagierte seinerseits gewalttätig darauf.

Wenn Kortner zur Türe hereinkam mit forschem Heil-Hitler-Gruß, stürzte Mucki auf ihn zu, fletschte seine restlichen Zähne und versuchte, ihm ins Leder seiner Schuhe zu beißen.

Dann rief Kortner knirschend aus: »Er haßt die Juden!«

Er verfolgte jede Regung Muckis und legte sie als permanenten Antisemitismus aus.

Mucki seinerseits wurde nervös und zimmer-unrein, placierte viele Lachen im Wohnraum und sogar in der Eßnische unter den Tisch, immer in Kortners Nähe.

»Diese Kanalröhre«, schrie dann Kortner, Muckis Tätigkeit auf sich beziehend, »dieser ordinäre Antisemit!«

Zuck und ich wollten lachen, wußten aber, daß die beiden Kämpfer kein Gelächter vertrugen.

»Versuchen Sie doch, Muckis Vergangenheit zu vergessen«, sagte ich.

»Ein Gauleiter der Wiener Hundeschaft wäre er geworden«, knurrte Kortner unversöhnlich.

Diese gegenseitigen Kämpfe führten zu einem vorübergehenden Waffenstillstand. Kortner wünschte nämlich, zu Muckis Geburtstag eingeladen zu werden.

Es war der 14. April 1941. Mucki wurde 18 Jahre alt.

Mit der Morgenpost kam ein kleines Paket an von Berthold Viertel, goldenverschnürt. Es enthielt ein Gedicht und eine Tafel Schokolade.

Isabella zum Geburtstag

Als ich einst eine mehr als hochbetagte
Indianerin respektvoll um ihr Alter fragte,
Da blickte sie verschämt in ihren Schoß
Und flüsterte: »one hundred and three snows.«

Nach Wintern zählte sie und nicht nach Lenzen,
Doch mochte Phantasie die Frühlinge ergänzen!

So nahe ich mich heute Isabellen, der beschneiten,
Ehrfürchtig beug ich mich vor ihren Ewigkeiten
Zum umfzigsten Geburtstag ihrer winterlichen
Tugend
Und mahne sie gerührt an ihre braune Jugend.

Regt sich in ihrem Herzen dann ein: »ach, wie
schade!«,
Suche sie Trost bei diesem Stückchen Chokolade!
14. April 1941 *BV*

Kortner und seine Frau Hanna erschienen am Abend, festlich gekleidet. Ich hatte Wienerschnitzel mit Salat serviert und eine sacherähnliche Schokoladentorte gebacken und sie mit 18 Kerzen geschmückt. Kortners hatten Getränke mitgebracht, Wein und Whisky, und ich wunderte mich, wieso sich Kortner kein sarkastisches Geschenk für Mucki ausgedacht hatte.

Ich hielt Mucki auf dem Schoß, damit er den Frieden nicht stören konnte, als plötzlich die Türglocke läutete.

Zuck machte auf, trat einen Schritt zurück und ließ zwei etwa 13jährige Buben vom Western Union Telegraphendienst ein. Sie hatten hellblonde Haare und Sommersprossen. Sie trugen die schneidigen, uniformartigen Anzüge mit kurzen Jacken der Messenger Boys, die in besonderen Fällen Telegramme zu überbringen haben. Die Western Union, das Telegraphenamt, das sich in Händen einer Privatgesellschaft befindet, sucht hübsche, selbstsichere Jungen aus, die sich freundlich und richtig zu benehmen wissen. Der eine

Junge trat vor und fragte mit heller Stimme. »Who is Miss Möcki?« Wer ist Miss Mucki?

Er mußte es wiederholen, weil Zuck und ich nicht begriffen hatten, was er meinte. Wir hatten einen solchen Vorgang noch nicht miterlebt, aber ich nahm nun Mucki hoch, setzte ihn auf einen Fauteuil, hielt ihn fest, deutete auf ihn und sagte: »This is Miss Mucki!«

Die beiden Buben schnappten einen Augenblick nach Luft. Dann rissen sie sich zusammen und sangen ihn mit schallender Stimme an:

Congratulations Mucky dear
a happy happy Birthday
best of Health and Happiness
a happy happy Birthday
Fritz

Mucki verhielt sich still. Die Boys salutierten, bekamen ein hohes Trinkgeld von Kortner und marschierten strahlend weg.

Mucki benahm sich ruhig und würdig an diesem Abend und bot Kortner keinen Grund, ihn »Kanalröhre« zu nennen.

Mucki war nicht einmal schockiert, als wir alle in ungeheures Lachen ausbrachen über das Erscheinen des singenden Telegramms. Die Feinde wurden in gehörige Distanz voneinander gesetzt. Es war ein heiterer Abend.

Mitte Juni 1941 saßen wir zwischen Kisten und Packpapier in der halbleeren Wohnung, die großen Möbel waren schon abgeholt worden. Die Freundin, bei der ich in New York gewohnt hatte, half mir Koffer einpacken, versorgte die Katzen und machte mich darauf aufmerksam, wenn Mucki sich immer wieder in einen der gepackten Koffer gesetzt hatte; er wollte sichtlich nicht vergessen und unbedingt mitgenommen werden.

Sie war Schauspielerin, hatte das Glück gehabt, in einem amerikanischen Stück beschäftigt zu werden und mit dem Ensemble auf eine längere Tournee durch Amerika zu gehen. Jetzt aber war sie arbeitslos, und diese ständige Unsicherheit, von der wir alle betroffen waren, dieses von der Hand in den Mund leben, brachte mich zur Verzweiflung. Ich schaute mich in der hellen, luftigen Wohnung um und sagte zornig: »Wenn wir hier nur schon raus wären!«

Am Abend kamen Viertel und Kortner in heftigem Streitgespräch an und brachten Leben und Frohsinn in unsre Behausung.

Zuck kam später. Er brachte ein paar Flaschen Wein mit, den wir aus Papierbechern tranken – nur Zuck benützte ein ausgewaschenes Zahnputzglas – und aßen dazu Sandwiches von Papiertellern. Viertel lobte unsre Wohnung und beklagte sich über sein dunkles Quartier, meine Freundin bot ihm ihre lichte Wohnung an, weil sie die Miete nicht mehr bezahlen konnte und im Begriff war, bei Bekannten einen kostenlosen Unterschlupf zu suchen. Berthold heiterte die Vorstellung, in einer hellen Wohnung arbeiten zu können, sichtlich auf, er mietete als gewerbsmäßiger Idealist die Wohnung, ohne sie gesehen zu haben. Daß er später die Besitzerin der Wohnung heiratete, war folgerichtig und nicht überraschend.

Kortner warnte uns zum letztenmal vor dem Umzug in die Wildnis – für Intellektuelle und geistig Interessierte würde es den Tod bedeuten, für primitive Naturbegeisterte und Blut und Boden Liebende freilich sei dieser Entschluß, der Erde nah zu sein, wohl das einzig Wahre.

Es war ein Glück, daß er, auf einer Kiste sitzend, den Fuß vorgestreckt und damit den Koffer verschoben hatte, in dem Mucki saß. Der sprang wie ein Teufel aus dem Kasten, stürzte sich auf Kortners Schuhe. Der Kampf war in vollem Gang und enthob uns einer Antwort auf Kortners impertinente Bemerkungen über das Wesen unsres Charakters.

Es wurde ein friedlicher Abend, wir nahmen Abschied, versprachen einander, uns in Vermont wiederzusehen. Wir wünschten den Städtern Glück und Erfolg. Sie wünschten uns Mut zum Überleben in der Wildnis.

In Barnard angekommen, bezogen wir wieder dasselbe kleine Haus, in dem wir im ersten Sommer gelebt hatten. Ich ging auf Autokauf, denn ohne Auto konnte man nicht auf Farmsuche gehen. Ich fand einen alten, billigen Oldsmobile – je bedeutender der Firmenname nämlich war, desto billiger wurde das gebrauchte Vehikel, abgesehen von der Meilenzahl, die es zurückgelegt hatte. Später kaufte ich Willies Overland und dann Volkswagen (in USA wulkwogen ausgesprochen) und erzielte nach langem Gebrauch hohe Verkaufspreise.

Die Autoprüfung war leicht, da ich es von Europa her gewöhnt war, auf unasphaltierten, steinigen, schlammigen Bauernwegen zu fahren. Ich nahm Mucki auf diese Suche nach bewohnten und verlassenen Farmen nicht mit, denn er litt unter den Stößen und dem Rütteln des Wagens. Mucki lebte mit Bongo, der nun ganz zu uns gezogen war und nachts mit Mucki auf einem Eisbärenfell vor meinem Bett schlief. Zehn Tage fuhr ich im Land umher, ohne etwas zu finden, und geriet langsam in Panik.

Als ich eines Abends nach Hause kam, hatte Zuck auf einem seiner Spaziergänge die Farm gefunden.

Es war eine schöne, alte Farm aus dem Jahr 1783 mit einem Teich, Wäldern und Wiesen und einer großen Scheune. Der Umfang des Landes, das dazu gehörte, war so groß, daß man drei Stunden brauchte, um es abzugehen. Die Farm war zwölf Jahre lang nicht mehr bewohnt gewesen. Der Besitzer, der ein Geschäft in der nächsten kleinen Stadt besaß, liebte die Farm und war froh, Bewohner zu finden, die die Farm wieder in Gang setzen wollten. Er verbrachte seine Urlaubszeit damit, das Haus mit Wasserleitungen, Badezimmer, Elektrizität und Senkgrube zu versorgen. Er berechnete uns dafür nichts, und die Miete war halb so groß wie für unsere Drei-Zimmer-Wohnung in New York.

Ende Juli gingen wir mit Mucki den Waldweg zur Farm, eine Stunde vom Ort entfernt. Mucki litt an zunehmender Kurzatmigkeit. Ich mußte ihn immer wieder tragen. Knapp vor dem Haus war der Teich, und Mucki lief auf den Teich zu, der an dieser Stelle tief war, und fiel ins Wasser. Zuck zog ihn sofort heraus, und ich suchte in den alten Ställen der großen Scheune nach Futtersäcken, mit denen ich Mucki gründlich abrieb. Trotzdem zitterte er noch, als ich ihn, in meine Wolljacke gehüllt, nach Barnard zurücktrug.

Am nächsten Tag mußte ich Winnetou, die den ganzen Juli bei uns gewesen war, in ein Sommercamp für Kinder bringen, in dem sie sich als Tellerwäscherin für den Monat August bei freier Station mit Taschengeld verdingt hatte. Wir brauchten fast zwei Stunden für eine herrliche Fahrt zu einem großen See. Wir sprachen immer wieder von der Farm. Sommergäste hatten am Anfang des Weges, der zur Farm führte, einen Wegweiser aufgerichtet, auf dem stand ›Dream valley‹ – Traum-Tal.

An die Wirklichkeit, an Mühsal und Plage dachten wir nicht, nur an das Glück, ein solches Haus gefunden zu haben.

Die Fahrt war weit, die Leute im Camp waren freundlich. Ich blieb länger, als ich beabsichtigt hatte.

Es war später Abend, als ich in Barnard ankam, es war nicht dunkel, denn der Mond schien taghell.

Bongo lag vor dem Fenster des Wohnzimmers auf der Wiese, halb aufgerichtet, als ob er auf etwas warten würde.

Als ich aus dem Wagen ausstieg, begrüßte er mich, ging aber nicht mit ins Haus, sondern nahm wieder die Wachstellung ein.

Es brannte nur eine Stehlampe im Wohnzimmer.

Zuck saß auf dem Sofa, neben ihm lag Mucki.

»Er hat auf dich gewartet«, sagte Zuck.

Ich setzte mich aufs Sofa, Mucki kroch langsam in meine Nähe, ich nahm ihn auf meinen Schoß. Sein Herz schlug rasch und unruhig. Seine Nase war trocken, aus seiner Brust tönte ein rasselndes Geräusch.

Wir warteten.

Es dauerte nicht lange, da hob er seinen Kopf, stieß ein hohes Jaulen aus. Dann fiel sein Kopf in meine geöffnete Hand. Er streckte sich und wurde still.

Bongo, der vor dem Fenster gelegen hatte, stand mit einem Ruck auf und hob sich schwarz und schattenhaft gegen den Mond ab. Er stieß ein ungeheures, langgezogenes Wolfsheulen aus, dann trabte er heim. Er kam nie wieder zu uns.

Wir begruben unsern Hund.

Zuck schaufelte ein tiefes Quadrat zwischen Erlenbüschen, an einem Bach, nahe dem Friedhof.

Wir wickelten unsern Hund in alle seine Decken ein, legten seine gestrickten, bunten wärmenden Winterhüllen auf ihn, obendrauf sein ledernes, metallbeschlagenes Zaumzeug und stellten neben ihn die Schalen für Fleisch und Honigwasser.

Alice Herdan-Zuckmayer

Das Kästchen

Die Geheimnisse einer Kindheit

Band 733

Die *Geheimnisse einer Kindheit* und mit ihnen die längst versunkene Welt der k. und k. Monarchie vor dem Ersten Weltkrieg werden in diesem Buch beschworen. Die Autorin »darf stolz auf dieses Buch sein, auf seinen klaren Stil, auf das Abgewogene seiner Haltung, auf die menschliche Klugheit und Güte, die hinter dem Ganzen steht, aber auch auf die melodiöse Resignation, die Schnitzlerische Melancholie, aus welchen Ingredienzien sich das Buch zu einer vollendeten Einheit zusammenfügte«. (Erich Pfeiffer-Belli in *Das Schönste*). Privates Erleben und große Geschichte werden in diesem Buch auf kunstvolle Weise miteinander verknüpft.

Fischer Taschenbuch Verlag

fi 1917 / 4

Alice Herdan-Zuckmayer

Die Farm in den grünen Bergen

Band 142

»Dieses Buch sollte ursprünglich gar kein Buch werden. Es entstand aus einer Serie von Briefen, die ich nach Kriegsende an die Eltern meines Mannes schrieb. Sie hatten die Zerstörung ihres Hauses durch Brandbomben überlebt und warteten, hochbetagt, auf unsere Rückkehr. Da es damit nicht so rasch gehen wollte, begann ich, ihnen über unser Ergehen in Amerika während der langen Trennungsjahre zu berichten. Unsere Existenz in diesen Jahren hatte sich in vieler Hinsicht ganz anders gestaltet, als man sich die Lebensumstände eines emigrierten Schriftstellers vorstellen würde. Gerade dieses Leben aber in seiner primitiven, ländlichen Umgebung hatte uns eine Kenntnis und Schätzung des amerikanischen Alltags geschenkt, wie sie vielen Einwanderern vorenthalten blieb. Je mehr ich mich erinnerte, desto länger wurden die Briefe. Als Erich Kästner, damals Redakteur der Münchner *Neuen Zeitung*, bei einem Besuch der Eltern Zuckmayers einige dieser Briefe zu Gesicht bekommen hatte, erschienen sie plötzlich, zu meinem größten Staunen, in seinem Feuilleton. Dadurch ermutigt, und durch viele Fragen angespornt, verfaßte ich den vorliegenden Bericht.

Fischer Taschenbuch Verlag

fi 1919 / 3

Carl Zuckmayer
Gesammelte Werke in Einzelbänden

Herausgegeben von Knut Beck
und Maria Guttenbrunner-Zuckmayer

Abschied und Wiederkehr
Gedichte
Band 12714

Aufruf zum Leben
Porträts und Zeugnisse aus bewegten Zeiten
Band 12708

Ein Bauer aus dem Taunus
Erzählungen 1914-1930
Band 12702

Die Fastnachtsbeichte
Erzählungen 1938-1972
Band 12708

Eine Liebesgeschichte
Erzählungen 1931-1937
Band 12706

Salwàre oder Die Magdalena von Bozen
Roman 1935. Band 12701

Vermonter Roman
Roman 1943. Band 12717

Fischer Taschenbuch Verlag

fi 193 / 17 a

Carl Zuckmayer

Der fröhliche Weinberg
Theaterstücke 1917-1925
Band 12703

Katharina Knie
Theaterstücke 1927-1930
Band 12705

Der Hauptmann von Köpenick
Theaterstücke 1931-1938
Band 12704

Des Teufels General
Theaterstücke 1947-1949. Band 12707

Der Gesang im Feuerofen
Theaterstücke 1950-1953. Band 12710

Das kalte Licht
Theaterstücke 1955-1961
Band 12711

Der Rattenfänger
Theaterstücke 1961-1975
Band 12716

Die langen Wege
Betrachtungen. Band 12712

Ein voller Erdentag
Ansprachen und Aufsätze
Band 12715

Fischer Taschenbuch Verlag

fi 193 / 2 b